追蜜蜂的小哥哥

作 者　董元靜

策 劃　拇指工作室

編 輯　羅浩珈

插 圖　陳家忠

設 計　Arthur Dennis

排 版　方明工作室

出 版　人文出版社（香港）公司

地 址　香港新界白石角香港科學園西區 19w 大廈 9 樓 981 室

網 址　http://www.hphp.hk

電 郵　info@hphp.hk

印 刷　百旺印務有限公司

版 次　2021 年 12 月第 1 版第 1 次印刷

分 類　兒童文學

ISBN　978-988-74702-7-4

定 價　HK$66　RMB¥60

聯 繫

Facebook

Wechat

作者介紹

董元靜，中國作家協會會員，中國散文學會會員，中國散文詩學會理事。曾入選《當代青年散文詩人15家》。已出版散文詩集《遠山也憂鬱》（百花文藝出版社）、《黑鬱金香》（成都出版社）、《簾卷西風》（中國文聯出版社）及長篇小說兩部。2020年出版兒童小說《星路上的公主》（香港人文出版社）。曾獲第二屆"四川省文學獎"、首屆"冰心散文獎"等獎項。現居中國四川。

目 錄
Contents

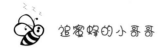
第一章
薰衣草花田裡的金色精靈

　　五月的一個週末。宇暉出發前看了看窗外，昨夜下了陣雨，此刻卻是晴空萬里，只有幾朵白雲變幻莫測地飄移。那個可怖的預言再次浮上心頭，他不敢遲延，背上沉甸甸的背包出門了，身後追來媽媽連珠炮似的命令：「記住，一定要趕回來吃晚飯！記住！要做奧數題呢！」「好噠好噠。再見。」宇暉小跑着進了電梯，下十九層，到了大堂。

　　「宇暉，又要去侍弄你的寶貝花兒啦？」大堂值班的阿姨逗他。

　　「不，今天要去撒種。」宇暉跳着蹦着，幾步就出了大堂。

　　牆邊倒垂着一溜排兒的彩色薔薇隨風飄開，面前立時亮

出一派春色，那些寶貝們爭先恐後映入他的眼簾，一片片洗浴後的鮮亮花叢、花圃，分佈在各樓棟附近，散落在社區中間的空地或小型遊樂場旁。

宇暉不覺放慢腳步，低頭欣賞自己的傑作。近處，一片金黃的、純白的芳菲正努力向上伸展笑靨，綠葉叢裡還舉着一簇簇深紅花邊及金色花心的雙色系品種，火炬般熱烈熾燃着，這些都是報春花，多瓣的花朵不算大，但較長的花萼頂着花冠，簇擁成傘狀，淡淡的香味幽幽溢出來，宇暉喚它們為「我的報春使者」；稍遠，一片紅色紫紅色黃色的大波斯菊也是不勝嬌柔，八瓣成一朵，管狀花、舌狀花們的花梗在風中搖曳，低吟淺唱地和他打着招呼，看上去柔弱的它們，其實生命力極強，耐高溫和乾旱，且花形大方，他格外喜歡其中那些金橙色和粉紅色的，像冠冕一樣，綻放着高貴的情愫，他有時會蹲下來張望，這樣花兒們就顯得高了許多，娉婷玉立着托起一小片藍天，宇暉稱它們為「可愛小清新」。

「一粒小小的種子怎麼就吐芽，萌發成一株綠色生命，又開放出如此的雲霞？」宇暉覺得不可思議，他只敬畏這些種子，希望它們成片的連到天邊才好，可惜高樓太多了，地方少。他特別注意到一些已經捲曲甚至凋零的落英，心痛地想：這樣的美麗也會凋亡嗎？地球的生命也會消失謝幕嗎？

他用力搖搖頭，恰好一串串流星雨划過，金燦燦的！接着，成片的花叢中紛落下許多忙碌的身影——是金色的蜜蜂們來採集蜜源了，這飛舞靈動的景象使得宇暉重新展開了笑顏。本來，醉翁之意不在酒，宇暉心裡牽掛的倒不是花兒，而是花兒吸引來的蜜蜂，這些小精靈們才是他心中追逐的「小救星」呢。

「宇暉，很有成就感吧？」大門口，一個保安叔叔問他。

「嗯嗯。」宇暉起身向外走去。這一片片的花圃，都是宇暉近一年間先後撒下的花種，現在已經開得十分茂盛了。起初管理處不讓他撒種，他天天去磨，管理處被他磨煩了，也感動了，反正社區裡綠化還不很規範，種花也不是壞事嘛，就睜一隻眼閉一隻眼了。宇暉用自己的壓歲錢，在網上買到了種子，自己學着撒到鬆了的土裡，居然出芽成活了。家裡開始不同意，覺得浪費了時間，十一歲的宇暉上五年級了，功課已經越來越緊，還在學鋼琴。但宇暉在這個問題上很堅持，不讓種就罷學。爸媽沒辦法，暗想孩子一時興趣，沒有長性的。不想S市這座南方大都市氣候熱的時間長，各種花兒都適宜生長，也真的就長成了連片的花圃。

宇暉不僅在社區裡的房屋周邊播種，還到外面的路邊、

小溪邊、學校周邊去撒種，漸漸地，延伸到不遠處城建部新打造的生態公園裡去撒。可是，其他公園裡是不能撒的，那裡面管的很嚴。宇暉撒種的花兒還有個特點，必須有香氣吸引蜜蜂，否則再漂亮他也不種。公園裡廣泛種植的三角梅，不引蜂，他就不種。

此時，出了大門就是地鐵口，宇暉拿出學生乘車證下了地鐵，「乘2號線轉4號線，然後就可以一直坐到終點站。」他想着。趁週末，他要再次去這座南方大都市的郊區撒種，順便看看去年灑下的薰衣草花種生長的情況如何，估計是不妙。去年秋天撒種後，預報的下雨竟落了空，他急得幾乎要像外婆那樣祈禱了。所以，今天除了要多撒一些背包裡裝着的向日葵種子，還準備補種一些薰衣草種子，天氣預報近期會下雨，要搶在前面播下種，就可以享受雨水的澆灌了。

4號線去北塘的車開來了，有不少人下車，宇暉順利找到了座位。他將背包放在旁邊，心裡卻莫名地沉重起來。剛才地鐵門向兩邊移開的時候，他遲疑了一瞬，仿佛夢遊般被人推湧進門。地鐵急速行駛起來，窗外飛快掠過的是時間還是生命？宇暉望着那扇合上的門，神情有些恍惚。昨天是外婆的忌日，他眼前重現出一年前的那天。

陪伴自己快十年的外婆病重住院，眼看不行了，媽媽領

他來到病房床前。看到親愛的外婆忽然那麼衰老，眼窩深陷着，他撲向外婆，哭了起來。

「不怕，乖乖，死亡只是一扇門。」外婆虛弱地說。她望向天花板，好像那裡真的有一扇門在慢慢敞開，有縷縷煙氣在變幻各種圖案。

「為什麼有死亡？」宇暉抹着眼淚。

「人人都有一死。人老了衰敗了，就要離開這個世界。」

「外婆，我不想死。」誠實的宇暉驚恐地望着那扇門裡面，那遙不可測的深處，好像有一股令他驚慌的神秘吸力。

「那就找到一種力量，讓那扇門後面變成一座花園。」

「那種力量在哪兒？」

外婆用盡最後一點力氣抬起一隻手臂，可她已經說不出話了。宇暉突然驚奇地看見，外婆的嘴角微微向上，面容浮動着一層奇異的光暈，眼裡瞬間燃亮了喜悅。她看見了什麼？宇暉順着她的手抬頭望去，那門裡分明陰森森的，看不清什麼呀。再回頭，外婆已經咽氣了，表情平靜安詳而且滿足，就像回到家鄉去了一樣。

門，看不見了。但他知道它存在着，那麼真實地吞噬了他的親人。

門，向兩邊移開。人流急速湧出去。到站了，宇暉起身背上包，將回憶放在車上，重又精神抖擻地下車了。

宇暉跳着蹦着。他絕沒想到，死亡的黑翅，正在他上方某處窺視並盤旋着。但此時，上天沒有辜負這個有使命感的孩子，沒有辜負他略顯幼稚的付出。郊區的路徑沒走太遠，轉過一個彎，仿佛有誰拉開了帷簾，一幅巨大的油畫展現出來：烈日的炙烤絲毫不能阻擋大片叢生的薰衣草綻開蓓蕾，植株差不多已經有五六十釐米高了，清風吹來，那淡藍融合着深紫的薰衣草花海微波蕩漾，搖曳生姿，淡淡的幽香彌散開來，陣陣拂向宇暉——「小主人」的面頰。「奇妙啊，明明沒有及時下雨，我以為種子都乾死了呢。感謝！感謝！」迎面的情景讓宇暉喜出望外，他舉起手跳着，雖然他不知道應當感謝誰。

不知是明豔的色彩吸引，還是迷人的香味召喚，總之，宇暉又看見了他喜愛的蜜蜂，它們扇動着金翅，忙碌在連片的藍紫色簇擁成的朵朵花瓣上。哦，金色的小精靈！

宇暉控制住了自己，他知道，自己必須先去撒種。他走向更遠處的大片空地。他沒有精力把土壤深掘敲碎，就只能選擇那些日照充足、排水良好的地方，掏出背包裡面的種子，向日葵的種子很大粒，而且容易發芽。他非常喜歡到小

11

河小溪附近撒種，特別避開那些過度乾燥之地，雖然向日葵對土壤的要求不高，但最適宜種植向日葵的土壤為壤土和沙壤土。他知道，只要過兩天真的下了雨，種子約七至十天就會發芽。一般春天播種，當年的夏季就可以開花。想到那時大團大團的金黃色可以沒過他的頭頂，真開心啊。宇暉開始彎腰撒種，有時跳起來撒歡兒，有時還翻兩個跟斗，約莫兩個小時，向日葵種子就撒得差不多了。他又往前走，找那些較為疏鬆的砂質土壤，補種薰衣草。

午後時分，宇暉用袖子擦了擦臉上的汗水，掏出背包裡帶的點心、優酪乳和飲料，匆匆吃了午飯。接着，他轉身折回頭，跑到來時看見的那一大片薰衣草花叢，要好好觀賞蜜蜂采蜜。

連片的一張張藍紫色的花毯裡，上上下下飛舞的蜜蜂像陽光的萬顆金點，閃閃爍爍，宇暉感覺是一萬隻小金瓶乍破，迸出來一萬個扇動的金翅，嗡嗡嚶嚶的，彈奏出一支支和諧的歌曲。是什麼曲子呢？好熟悉啊。宇暉醉了，宇暉邊回憶邊着迷似的追蹤着、觀察着它們，走到花田中間的時候，他心裡冒出了一句「野蜂飛舞」！沒錯，就是馬克西姆演奏的那支著名的曲子，輕快，夢幻。他是年前和爸媽一起

去音樂廳欣賞了馬克西姆的鋼琴專場，馬克西姆走的是跨界音樂風格，他把古典音樂和現代音樂結合在一起，曲風激情澎湃。可宇暉印象最深的還是「野蜂飛舞」，隨着那雙手的指尖在琴鍵上跑動，就有飛瀑流泉，花枝婀娜。如同此時，蜜蜂們正在花間飛舞，伴着曼妙的鋼琴曲。它們很有組織，就像軍隊一樣，在大批工蜂出去采蜜之前，總是先由少數「偵察蜂」出去偵探尋找。當「偵察蜂」一旦發現了開花的蜜源，就招呼大部隊前來降臨花叢。

樂曲悠揚。宇暉發現蜜蜂有兩對翅六條腿，它們透明的翅膀像直升飛機那樣起落，不需要跑道，而且直升直降，隨飛隨停，太神奇了。他跟蹤一隻小蜜蜂，看着它六隻腳停穩在花上，采蜜的時候，訓練有素地用管狀的口器沿雄蕊底部插入，吸取花朵中的蜜汁，對一朵花進行3到4次的仔細采蜜，然後就會飛到另外一朵上面繼續採集，動作輕盈持續，在吸取蜜汁的同時還會用腳採集花粉。

琴聲流淌，伴着小提琴的合奏。宇暉邊走邊看，發現蜜蜂采蜜時那透明的薄紗般的翅膀在陽光下幾乎看不到了，靜止的身體就如連接的兩顆褐色寶石停在紫色花上。他想起了媽媽，對，他不太願意讓別人親吻自己，所以媽媽就讓他來親吻媽媽的臉龐或頭髮，「一下，兩下……要三下！」媽媽

說。對，蜜蜂就是這樣親吻薰衣草的！蜜蜂親吻薰衣草，自己親吻爸爸媽媽，哈！他邊走邊想來到一處空地邊。

他想走進那片草坪，可那是什麼？那是……哦，原來是一個小女孩兒微蜷着身子在草叢中睡着了，身旁稍遠處還有一個畫架。人們都說薰衣草安神，看來是真的。他愣了一下，然後轉身，平時他看見不認識的女生，都會轉身走開的。可是這次，他不知為什麼停住了腳步，扭頭又看了一眼。怎麼回事？大地消失了。

原來花毯般的薰衣草，在宇暉面前無限延伸開來，成一片片紫色雲海，他感覺自己是在一片片紫色的雲彩裡，飛升到空中，而雲彩間睡着的女孩兒則如一束清純的百合花，被什麼托着一般，她的淺粉色裙紗下擺在風中飄拂着，她的手裡，竟拿着一彎晶瑩的月亮，像個小仙子……明明是白天，他卻看見一顆星星從他們中間划過，發出一串好聽的笑聲。

宇暉定了定神，轉瞬又重新降落在地上。但他沒有走開，好像面前是一支滴露的花骨朵，而他自己像一株植物，腳下生了根須，不能移動，他定睛望着眼前的花骨朵，像欣賞一個藝術品那樣望着。於是他看清了，這個女孩約莫七八歲，她側臥在那裡，淺粉的長裙遮住了膝蓋，手裡拿着一把銀亮的梳子。她的身姿纖細柔美，黑亮的長髮披垂在胸前，

遮住了部分下巴，但仍可以看出她異常清秀，彎曲的睫毛含羞草般合攏着，好像裡面有什麼深藏的秘密。不知為何，他心裡浮出一個模糊的感覺，好像是憐惜，好像是疼痛。不過幾分鐘，宇暉竟歎了口氣，伸手掏出幾粒背包裡餘下的花種，是比較輕薄細小的薰衣草花種，他輕輕上前，放在她微張的一隻小手心裡，就起身準備走開了。可沒有想到，他走得太急，腳底絆了一下，碰翻了什麼東西，弄出啪嗒的響動，原來是那個畫架倒了。他忙不迭扶起那倒下的畫架，重新架好，但身後已響起了一個聲音，一個稚嫩的銀鈴似的聲音：

「你是誰？」

第二章
與月馨一道放河燈

這個女孩名叫月馨，快滿八歲了。她患有先天性心臟病，故不能做劇烈運動，醫生說她活不過十歲，家裡人都不敢告訴她，但她又極聰明，早就察覺到家人瞞着她有關自己的病況。月馨自己卻不覺得有什麼恐懼，只是氣血虛，常常會頭暈，她也習慣了。最近病情有些反復，她已住進了醫院，正確地說，是一個療養院。纖弱的她，從小愛畫畫，上了繪畫班，讀小學了依然堅持去學。每到週末，就出來寫生，目前正在用彩鉛畫手繪花朵及人像，同時也畫水彩畫。

今天午後，月馨得到媽媽的同意，從醫院裡出來，直奔這片薰衣草花田。當然，手裡拿着那把從不離身的雪花銀半圓形梳子。路徑很熟，她來過好幾次了，好在醫院並不遠，

就在河邊的林蔭裡。薰衣草能吸引她並不奇怪，陽光下，大片淡藍紫色的薰衣草花田嫵媚極了，株高約半米多，隨風微微起舞，散發出略帶木頭甜味的清淡香氣，因花、葉和莖上的絨毛均藏有油腺，輕輕碰觸油腺即破裂而釋出香味。

月馨來到這裡，架好畫架，就畫了兩幅薰衣草圖畫。一幅為全景水彩畫，海藍海藍的花浪一波波推湧着，直鋪向天邊，右側上方，有幾縷金光斜射下來。另一幅為手繪特寫，背景是虛化的淡藍與深紫交織，而一簇藍紫色的小花在前景，完全寫實，十幾朵長約1.2釐米的小花朵連綴成一束綻開，顏色姿態是那麼神秘浪漫，卻含蓄如一首小詩。它沒有玫瑰的妖豔，沒有牡丹的富貴，只是默默地散發出屬於它的那份獨有的自信，等候屬於它的那份超然的真情。

畫着畫着，月馨就有些頭暈了，她拿着半圓形銀梳子坐在草叢裡，慢慢地用銀梳子梳頭，從頭頂用力往下梳，梳得頭皮很舒服，一下，一下，直梳到長長的髮梢，頭就不那麼暈了。卻有一陣倦意襲來，她半夢半睡地臥在草叢，合上了眼簾。可能過去了一個小時，她被香風輕撫着，半夢半醒間聽到了啪嗒一聲響。

眼簾張開，她就看見了很帥的男孩宇暉，正扶着她的畫架。眼簾張開，他就看見了一雙水靈的眼睛，很深邃又很瑩

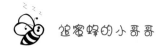

澈，折射出心靈的透明，是現在很難看見的那種純淨。

「你是⋯⋯」

「我叫宇暉，」他調整好自己，平靜地說。

「我知道了，」月馨有點驚奇地撫弄着手心裡的花種，「你是那位撒花種種花的小哥哥！」這片薰衣草原來就是他播下的種！「你好，我叫月馨。」她緩緩站起身來，心裡升起幾分崇拜，但仍保有着矜持。

「你好。嗯，奇怪，你怎麼知道是我撒的花種呢？」宇暉撓着頭，疑惑地問。

「猜中了，果然是你！至於⋯⋯這不是什麼秘密，附近這一帶的人都知道。」月馨忘記了羞澀，她覺得眼前的小哥哥很陽光很坦誠，是可以說知心話的那種，何況他還做着大事呢。

去年秋天的一個傍晚，距離那個S市郊區不遠的幾個村鎮，都同時聽見了一個催促的聲音，說有一位小男孩利用兩天週末在附近的大片空地上撒了薰衣草花種，可是原來天氣預報裡報的幾天雷陣雨卻落空了，反倒一直是日光照射，而薰衣草的種子在播種完畢後是需要澆透水的，沒有雨水，眼看播下的花種就要乾死了。「請去幫着澆水吧，大家都去，不要遲延！」

這個呼喚的聲音不知是從哪裡發出來的，但似乎不可抗
拒。大家都去了，老老少少，男男女女，都提着噴水壺，從
河水裡，從石井裡，取了水，進行噴施，一排排走着，澆透
了大片的花田。

　　月馨也在附近的一個小鎮上，當時爸爸媽媽阻攔了她要
去澆水的企圖，她實在太虛弱了，而且也沒有合適她的小噴
水壺。為此，她還和爸媽生了氣。這個醫院裡的醫生護士們
不久前也在擺談這件事。

　　宇暉聽得入了神，是誰呢？他並沒有與附近的任何人説
起過呀。

　　薰衣草淡淡的花香彌散着，安安靜靜地生長在那兒，沒
有發聲訴説什麼，卻好像一個被人忘記的神跡，不可阻擋地
萌發着，綻放着，舞蹈着。而這花叢裡有一個女孩，手裡拿
着銀梳，長髮飄飄的，面對畫架，又像是另一個神跡，或者
一個夢境，她揚起的笑臉，雖然蒼白，卻純真無瑕。聽説她
生了病，是從不遠處的那所醫院裡出來的，他瞭望那個樹蔭
掩映的樓院，心裡的憐惜和疼痛之感又浮現出來。

　　「別怕！」宇暉眼裡驀地一亮，興奮地説：「聽説大自
然可以治病，在花花草草裡面就有生命，你常常來吧，一定
會好起來的！」宇暉沒有説出來：我要多多的種植花田花

海，讓這位女孩可以在裡面呼吸氧氣，回復生機。

「好的，我不怕，我已經習慣了。」月馨用手繞着髮梢：「但我不明白，你是個男孩子，為什麼這麼喜歡種花草？這是要花時間的。你的功課不緊嗎？」她看着眼前虎頭虎腦卻不失帥氣的宇暉，發出疑問。

也許是月馨友善而純真的態度，也許是她詩意的樣子天然脫俗，宇暉覺得她可以信任。於是，他第一次向她，向一個外人吐露了自己的計畫和秘密。他為什麼種花，為什麼追尋蜜蜂群。

宇暉從小癡迷數學和科學，讀了很多相關的課外書。他上四年級的時候，學校有了生物課。他的生物課除了課本，還有一本拓展閱讀書，書上寫着，著名物理學家愛因斯坦預言：大約到2060年，最後一隻蜜蜂將會消亡。而當地球上最後一隻蜜蜂消失的時候，世界末日就到了。

宇暉震驚了！他當然不相信，他不想死啊。可事實呢……他拿着拓展閱讀書和自己搜集到的有關這方面內容的書籍，去找教生物課的華老師核實。手裡的那些書白紙黑字寫着：地球將在2060年衰亡，原因是隨着瘟疫和戰爭的爆發，很多生物滅絕，蜜蜂在大量減少。而蜜蜂滅絕後四年，人類也將從地球上消失。因為，人類種植的1330種植物中，

有1000多種需要蜜蜂授粉，沒有蜜蜂很多植物將無法生存。但是，慈祥的華老師什麼也沒說，只是摸着學生的頭長長地歎了一口氣。

「那時我才五十歲！我不想死，我想活下去！」宇暉輾轉反側，拒絕那一扇死亡的門。終於，他想到了一個關鍵問題——

既然蜜蜂與世界末日有這麼密切的關係，而且理由充分，那麼現在地球上的蜜蜂情況怎麼樣呢？

「是啊，現在沒有大的戰爭，蜜蜂們怎麼樣了？你問了那位老師嗎？」月馨扶着畫架着急地問，她不是為自己問，雖然她自己活不了太久，但她也決不願地球生命滅絕。

「當然，我又去問了華老師。這次，我只問關於蜜蜂的事。」宇暉當時留了個心眼。

果然，華老師拿出了一些資料和統計資料，表情嚴峻。

很不幸，蜜蜂種群顯著下降，目前還在持續下降中，蜜蜂的數量在不斷地減少：我國蜜蜂數量從上個世紀90年代初的750萬群，減少到目前的680萬群，在10年間減少了近10%。而蜜蜂減少現象在全世界都嚴重存在。美國自1994年來，野生蜜蜂減少了95%，人工飼養的蜜蜂減少了50%。法國峰群數量已經從1994年的150萬群減少到現在的100萬群。

曾是世界第一大蜂蜜出口國的俄羅斯，蜂群數量大大下降，其生產的蜂蜜也僅能滿足國內需求，還需少量進口。

聽着老師講述，宇暉驚慌地看見：蜂箱正在從大片的植被上消失，蜜蜂們找不到回家的路，無奈地遷徙；果樹林和花田散發着農藥氣味，蜜蜂們被熏得滿天亂飛，大群蜜蜂從空中跌落，像衰敗的花瓣；隨後，花朵蓓蕾及地球生命也都碎裂飄散，落英紛紛，紅消香斷……

「那，主要原因是什麼呢？」焦慮的月馨忍不住插言，那銀鈴聲帶着顫抖的喘息。

「我問了，華老師説，可能是殺蟲劑，可能是氣候變化，可能是繁殖能力下降，可能是地球生態破壞。總之，科學家們無法找到它背後真正的全部原因。但無論如何，要保護蜜蜂！」

最後那句「要保護蜜蜂！」是宇暉和老師一起説出的。

宇暉真的聽進去了。從那時起，宇暉立下了一個志向：留住地球上勤勤懇懇的蜜蜂！他當然沒有能力來養蜂，但他產生了一個大膽的想法：我可以種花，為蜜蜂創造生存的環境和條件！

月馨也真的聽進去了。她敬佩他。可轉念一想，擔憂地説：「這麼大的事業，你這麼小，還要上學，你一個人能做

多少？能起多大作用呢？」

「盡力吧，能做多少就做多少，做一點是一點，做就比不做好。再說，我喜歡蜜蜂。」宇暉知道自己救不了世界，但他想做一點喜歡的事情來盡心。

是啊，宇暉爸爸媽媽開始也是不同意，覺得他異想天開，至少也是杯水車薪。何況，他們還為他定了周詳的學習計畫，給他報了不少的培訓班：兩個奧數班，一個學而思英語班，鋼琴班等等。現在他又要播撒花種，追蹤即將消亡的蜜蜂群，他的時間根本不夠用啊。但最終他們還是遷就了他，讓他從中受磨煉吧。

「你這麼喜歡蜜蜂，我以後就喊你蜜蜂哥哥吧。」月馨調皮地說。

「好啊，你拿我開心！你要小心了！」宇暉舉起手臂嚇唬，但隨即又放下了，「隨你吧！」是啊，他的拳頭是用來保護她的呀。

「好，我願意幫助你，蜜蜂哥哥。」月馨真誠地說，那蒼白的臉上綻開了神秘的笑靨，一點不像在開玩笑。

「你？」宇暉看着清瘦的她，不忍地搖搖頭。撒花種是很辛苦的，而她可能連澆花都無力，何況還要治病呢。

「我真的有辦法……我們去放河燈吧！」月馨的聲音很

執拗。

「什麼是放河燈？」宇暉好奇地問，本來，他天性就是好奇的。

「月馨，你超時啦！吃藥時間過了。」一個責備的聲音響起。

兩個孩子同時轉過身，看見一個中等身材的阿姨走近了，她就是月馨的媽媽，姓李。孩子們談話忘了時間，宇暉今天又忘了帶手機錶，就不知道時間，同時，他的媽媽也就追蹤不到他。夕陽落山，天色漸漸黑了下來。

月馨媽媽認為她出外呼吸新鮮空氣，接觸大自然，畫畫寫生，有益康復，所以同意她出外。但這次月馨耽擱得太久了，媽媽實在不放心，就出來找她。月馨是複雜先天性心臟病患者，進行過手術生理矯治，可惜效果不好，醫生說一旦發生危險只能做姑息手術，其預後差。

最近病情有反復，在醫院做保守治療。奇怪的是，人人都知道她病了，但她自己就是不覺得自己有問題，除了偶爾心慌頭暈。此刻，媽媽給月馨披上了寬大的病號服，月馨順勢撲在媽媽懷裡，笑着撒嬌：「我要放河燈！」

醫院附近的一條小河邊。夜色浸在朦朧的月華里，似有

成群的螢火蟲貼着水面在飛舞，朦朧的光影時而聚攏，時而又遠遠地擴散開去。李阿姨和兩個孩子站在河邊，感覺得到水流潺潺波動的韻律。月馨鄭重地將手裡托着的河燈交給了宇暉。彎彎的月亮穿出了雲層，正是放河燈的好時候。

宇暉再次端詳着手裡的河燈，這河燈看上去很精緻，是用紅紙做成的杯狀，口徑與通常用的杯子一樣大，約莫三寸高，裡面是淺黃色，塗臘的底部中間立着一支細細的雕着圖案的紅燭，燭上已經點燃了一朵小火苗。朦朧的夜色中，小火苗一閃一閃，在歡快的跳動。

李阿姨眼裡忽然盈滿了淚水。這河燈是教繪畫的老師旅行采風帶回來的，分給了十幾個學生，給月馨的卻是兩個。可能因為他覺得月馨更需要，可能因為月馨生得清麗可人，是這小鎮上公認的小家碧玉的嬌女。剛才簡短的交談後，李阿姨接受了眼前這個生氣勃勃的男孩宇暉。她喜歡女兒放河燈，特別是女兒要為宇暉追蜜蜂的大事放河燈。因為她太愛自己的女兒，願意滿足這個不幸的寶貝女兒所有的心願。

月馨望着宇暉手裡的河燈。她眼前浮現出半年前，她和十幾個畫畫班的小朋友來放河燈，也是一個靜靜的夜晚，也是河流輕輕唱着歌。十幾個河燈放下去，暗暗的河流裡就亮起了紅紅的燭光。她記起了媽媽為自己所許的願，就是讓她

的病好起來，好好地活下去，為了自己，也為了愛她的爸爸媽媽。但，不一會兒，她的河燈就與其他河燈分開了。河燈慢慢飄去，慢慢就看不見了。媽媽心裡一顫，有了不祥的預感，可月馨自己不覺得有什麼，河燈與河燈就是不一樣嘛。

宇暉似乎知道河燈承載着多麼大的重任。他寧願相信月馨對河燈的信念。他順從地先默默立志。然後，他聽着月馨在喃喃地許願：「父啊，我天上的父！求你保佑宇暉哥哥種多多的花，保佑他追尋保護蜜蜂群的夢想成真！」她想了想又說：「保佑生命得勝的夢想成真。」宇暉好像瞬間長大了許多，感覺河燈裡的心願不只是種花供應蜜蜂，也是他自己有目標有方向的一生，是他所熱愛的整個生命，而且，也包含了月馨有病的生命。

他彎下身子，將手裡的河燈小心地放在河水裡，任它往前飄去。紅燭在紅杯裡緩緩地燃燒，火苗一縮一升，忽閃忽閃地往前。奇怪，一陣莫名的邪風吹起了浪頭，燭光一縮，看不見了。「天哪，是青蛙——壞精靈來了！」月馨急的捧住了臉龐，但只片刻，不知哪兒來的一股氣流，手臂一般護住了河燈，轉眼間，火苗又升了起來，重新歡愉地跳躍着，大家都鬆了口氣。哪兒有青蛙？一切恢復了平靜，宇暉什麼也沒有看到。

「飄吧，我的河燈，我的紅燭！在這個靜謐的傍晚，我將手中的河燈輕輕放在河水裡，我將這紅色紙杯及這紙杯盛着的紅色蠟燭放在河水裡。路，實在太遠了，它緩緩飄去，與其它河燈們各自分開了。」

「飄吧，我的河燈，我的紅燭！飄吧，你知道我心裡的彼岸在哪裡，你知道我今生註定的燃燒為了誰。是的，時空之外他認識你⋯⋯」

月馨輕輕地唱了起來，唱着她做語文老師的爸爸寫的詩歌，分不清是在唱自己的河燈還是宇暉的河燈。銀鈴般的歌聲跟隨着河燈一路飄去。小小河燈啊，它是那麼孤單，又是那麼堅定，小小的燭火燃燒着飄去，它有自己的方向。

漸漸地，那一個閃亮的紅點就看不見了。

天怎樣高過地，

照樣，

我的道路高過你們的道路，

我的意念高過你們的意念。

（以賽亞書 55:9）

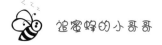

第三章
擴展拯救行動和萬花筒

　　星期五放學後，宇暉坐在家裡的電腦前，點開自己的電子郵箱。「又有幾十封！才一個星期沒看啊。」宇暉欣喜地點開並翻看一封封來自全國各地的郵件，並下載其中「附件」裡的一幅幅彩色圖片，看着看着宇暉就忍不住笑了出來。要知道，這都是各個城市裡少年宮的孩子們回復給他的，還有問候月馨的。

　　「謝謝你，好心又有智慧的岳老師！」

　　宇暉愉快地想起，與月馨放了河燈回來之後不久，在一次上奧數課結束時，教課的岳老師喊住了他。

　　「宇暉，你的『拯救蜜蜂行動』進展如何了？」岳老師和藹地問他。岳老師是在宇暉所就讀的一家奧數機構裡任課

的老師，他一向喜歡宇暉這個肯思考腦子又靈動的男孩，認定班裡的他和另外五個孩子是有希望參賽拿獎並衝擊重點的。可是他發現這一段時間裡宇暉的作業交得慢，有時還缺課。當他向家長瞭解到孩子在進行一項種植花海挽救蜜蜂的行動時，他深深感動了。許多人都知道蜜蜂的困境，也知道這直接威脅到人類的前途，但都是聽聽就過去了，而小小的宇暉卻勇敢地付諸行動，擔起了人們感到匪夷所思的責任。

「老師，我正苦惱，這城裡的可種花之地很有限，所以我利用週末休息時間到城外郊區的空地撒種。城西、城北我都去了，還有城東沒有來得及去，能種的地方還是不夠多。我的力量太微小啦。」宇暉低下頭，他深感自己形單影隻。

岳老師點了點頭，他喜愛這個誠實的孩子，雖然他也覺得這個行動很難有實質性的進展和效果，但感情上他還是願意幫助他。他將宇暉帶到牆上掛着的大地圖面前。

「我們來看看拯救蜜蜂行動還可以做些什麼吧。」接着，岳老師指着地圖，向宇暉介紹了我國現有的蜜源條件。

「我國東北和西北本身已經有規模種植，暖溫帶和亞熱帶甚至熱帶的蜜源情況則比較複雜。」岳老師娓娓道來，「在西南有北回歸帶上的明珠西雙版納熱帶植物。在東海之濱和南海島嶼，無數熱帶、亞熱帶的珍貴植物群落交相輝

映。中部的黃河與長江中下游流域，各種農作物更是綠葉繁花，常年不斷。」

「那麼，能引蜜蜂的花兒適合在哪些地方呢？」宇暉興奮起來，他關心着花兒，雖然他還不知道老師說這些的用意何在。

「開淺黃色小花的椴樹，金亮大圓盤似的向日葵。」岳老師的左手往上指向東北；「五顏六色形態各異的洋槐、蕎麥、紫花苜蓿，薰衣草。」他的手往後指着西北；「金黃金黃蜜粉豐富的油菜。」他用右手在地圖上劃了一圈，包含了西南、華南、中原及長江中下游；「紫白相間的漂亮的紫雲英。」老師的右手又在地圖上划向廣大水稻產區，主要是長江中下游流域；「不起眼但開花節節高的芝麻，」他的左手停在中原；「還有飄香的柑橘、龍眼、荔枝這些鮮果。」他的手往下指着西南和華南；「當然，我們華南地區現在也引進了不少北方的品種，如：向日葵、薰衣草。」岳老師的手在地圖上很有秩序地移動着，仿佛他每一動都有色彩斑斕的花田從大地上產生出來。

「這些地方大多原有可供采蜜的放蜂場地。但也有很多空地沒有利用起來，有些甚至荒蕪了。否則，我國的蜜蜂種群和數量就不會逐年下降了。宇暉，你還有做工的空間。我

們可以找全國各省市的少年宮，呼籲那些小四以上的孩子們加入我們的拯救蜜蜂行動，請他們做宣傳，或直接加入所在城市及郊區種花撒花種的工作。」

「我明白了！您今天在課堂上講了，歐納德說：一個人的努力，是加法效應；一個團隊的努力，是乘法效應。」宇暉恍然大悟，眼界一下子打開，覺得在幽暗中看見了希望。

「對！單打獨鬥難以大成。現在你想到該怎麼做了嗎？」岳老師問。

「現在最方便的就是網路。您是說，利用網路在全國建立種花的分支機構？那樣維護帖子的工作量會很大吧？我爸爸媽媽不會同意的。」宇暉有些為難，他現在的課業很重，每天作業要做到很晚。還不算課外的各種培訓班的學習。

「網路上我幫你做，我們簡單做，我先幫你在我的微博上發帖，我微博上每天登陸的人不少，先發一帖出去試試看，感興趣的人就會轉發。當然囉，要在上面留下你的電子郵寄地址。」

「我只需要關注自己的電子郵箱裡，那些來自各大中城市少年宮給予的回復就好了，別的不用管，對嗎？」宇暉開竅了。

「沒錯，那時你就是小司令了！」岳老師和宇暉高興地

對拍了一下右手。說到小司令時，宇暉心中暗暗得意，甚至想跳起來。可隨即隱隱感到右腳被什麼咬了一下。一個奇怪的影子在腳邊一閃，只一下就消失了。當時他太高興了，沒有認真去尋思。

說幹就幹，宇暉在岳老師的指點下擬了稿，借岳老師的微博在網路上發佈了呼籲的資訊，並留下了宇暉的電子郵寄地址。

想不到沒幾天，宇暉的郵箱就爆滿了，回應遍及大半個中國。他又請岳老師將月馨畫的幾幅畫發出去，有兩張薰衣草花田的圖片，還有一張他們一起放河燈的圖片：月馨畫出了那靜靜的夜，會唱歌的河流裡，一隻帶着童真的神秘紅燭的河燈在飄流，載着追回蜜蜂的夢想在飄流。他還附上了月馨爸爸的詩歌。果然反響熱烈，留言非常多。一連幾個星期，幾乎全國主要城市都有了。岳老師擔心宇暉家長有意見，就沒有再發下去。岳老師心裡感歎，動員孩子們還是容易的，大人反倒是麻木的。

「浙江的、四川的、福建的……」此時，宇暉的郵箱豐收了，他一封封地回復着。心想，肯定是自己的河燈感動了上天，以至它的燃燒一路高歌，他也在夢想着花海花田呈幾何級數增長起來。

「怎麼又看電腦啦？作業很多呀！」這是媽媽的聲音，宇暉沉浸在回復郵件中，沒有注意到媽媽下班回來的開門聲。她正放下手裡的提包，在洗手間洗手。她當然知道作業多，作業早已發在手機的家長群裡了。

「媽媽，我知道，我已抄寫了的。但今天是週五，我是用我原定玩兒的時間在做這些。馬上就好了。」宇暉回完了最後一封郵件，站起身來，走向已坐在沙發裡的媽媽。

「這裡。」媽媽指着左邊臉頰，宇暉上前輕輕親吻了一下，又一下，像蜜蜂親吻花朵那樣。媽媽今天破例沒有堅持要三下，她的神情好像有些疲倦，美麗的鵝蛋臉上又添了些許細紋。宇暉有些心痛。

「好，開始做奧數題吧，明天要上新課了。下個月還要備戰一次『華杯』數學競賽。」疲倦的媽媽一説起做奧數題，聲音就嚴厲起來。

「好嗟好嗟。」宇暉知道沒商量。那天放河燈回來晚了，儘管是李阿姨送他上的地鐵，但回家來還是被自己的媽媽修理了，好一頓訓斥，誰讓他不遵守時間呢。又一個週末他去醫院看月馨，並拿她的幾幅畫時，就是快去快回，沒敢多耽擱了。

宇暉收好筆記型電腦，喝了一杯媽媽準備的優酪乳，就

回自己房間在寫字枱前坐下來了。寫字枱右邊凳子上有一大摞書，都是奧數方面的教材和作業薄。有高斯奧數三套，有備考的書籍多種，藍色、綠色、黃色、粉色封面的都是，有9套BS歷年真題，2套必考命題課，有期末的20道重點壓軸題，短期點睛班講義，全都是十六開本的。宇暉從中拿出了一本幾何書。本來，他們五年級是沒上幾何課的，要上初中才有。但奧數就是會提前接觸到，而對他來說，幾何並不是強項，尤其是幾何方面的難題，及少量簡單的立體幾何，他還有些頭疼。

媽媽簡單收拾了房間，把飯煮上，就到宇暉房間裡坐下了，對她來說，看着孩子翻書寫作業是一大樂趣。這孩子在數學方面有天分，她和孩子爸爸就給他多報了一個奧數班，雖然這樣擠佔了孩子不少彈鋼琴的時間，但這個新興大都市的教育資源緊缺，重點中學少，為了小升初的希望，也顧不得許多了。媽媽時而回復手機微信，時而充滿愛意地望着兒子。她對他有信心，她曾聽岳老師說，宇暉的數學思維能力強，還擅長速算和巧算。她問得很細，瞭解到一些細節。當老師講到測量旗杆高度的題，剛提示要拿一根適當長的竹竿，分別量出旗杆和竹竿的影長，宇暉立刻就明白還要量出竹竿的高度，並在黑板上寫出了計算旗杆高度的公式。當老

師講「分牛傳說」時，宇暉最先想到要在十九頭牛之外再加一頭牛，湊成二十頭牛，然後再分給老大十頭，老二五頭，老三四頭，余一頭還給原主人。還有「雞兔同籠」問題，「韓信點兵」問題，也都是他先解出來。雖然她也知道幾何對他有難度，但她相信宇暉能接受這新的挑戰。

媽媽不知道，宇暉真的遇到了困難，第二道圖形題就被卡住了。宇暉的基本概念和推理證明都不差，只是缺了一些空間想像能力，他對那種幾個圖形疊加或扭曲然後求陰影部分面積的難題無法下手，好像面對變形金剛，用老師的話說，就是自己心裡的「模型」太少了。可模型是什麼呢？他感覺自己好像還有點懵懂。他搖了搖頭，似要用力甩掉遮着眼睛的那一層幕布。

刹那間，就真有一層幕布裂開了，宇暉不自覺地幻入一片深深的花海，頭上流雲般飛來萬千輕盈的小蜜蜂，散開在花叢裡。一見到蜜蜂宇暉就精神了，他癡迷並欽佩小蜜蜂的勤勞與歡快，它們就是一些辛勞的釀造師，把跑盡千里路，博采萬朵花得來的花粉，精心釀成甜甜的花蜜，貢獻給大自然，貢獻給人類。他願意像蜜蜂那樣付出代價，追尋理想，釀造自己想要的生活。於是，他的眼睛盯上了幾隻金亮的工蜂，追蹤前去。他知道，工蜂身體嬌小，卻擔負着蜂群中最

37

繁重複雜的工作，就如，採集花蜜、花粉，釀製蜂蜜，哺育蜂兒，餵養蜂王和雄蜂，泌蠟築巢，清理和守衞巢房。在工蜂短暫的一生中似乎從來沒有停息過工作，在植物開花季節，天天忙碌不息，外出一次飛14千米遠的地方採集花蜜和花粉，真有着超強的本領和崇高的精神。「你們棒棒噠！」宇暉說着追上去，要再次欣賞它們采蜜的風采。

但此時，宇暉面前的小小身影嗡嗡嗡地唱着，並不停下采蜜，而是牽引着宇暉跟隨它們往花叢深處去。於是他看見了一個精緻的蜂巢，小蜜蜂是一些高級建築師，它們建造的正六角形的房子，像一座座精緻的小別墅，裡面交錯排列，井然有序，形狀力度都是恰恰好。宇暉看呆了。可蜜蜂們還是不停地嗡嗡嗡地唱，召喚他注意那些綻吐芬芳的各種鮮花。他定定神，看見了繽紛的花朵們迎面而來，迎春花、大波斯菊、薰衣草、紫苑、紫雲英、迷迭香、萬壽菊、薄荷、向日葵們交替出現，淩風含笑。重瓣的展開成大半球形、圓錐形、碗形、扭曲的圓柱形、平面多瓣的有多角形、橢圓形、不規則形、對稱的、不對稱的、大的套小的、小的又包圍大的……仿佛空中有誰舉着一個巨大的萬花筒在翻轉着，摺疊着，任意變幻着，裡面有花又有枝葉。宇暉進入到裡面，用手拉住面前的三朵花，看着那美麗的三角形，而每朵

花有五瓣，又如三個五角星，他又拉住另幾種花，反復組合着不同圖案，最後鬆開手。蜜蜂們不見了，萬花筒不見了，遮着眼睛的最後一層幕布也不見了。

宇暉的面前，是那本幾何書，還有那道圖形題。但他的頭腦中已敞開了空間思維的窗，他的想像和聯想都異常清晰活躍，靈光不斷閃出來，他沒有停頓，立刻用筆劃出延伸線、輔助線，解出了這道題後，又接着做完了後兩道習題。他輕輕呼出一口氣，原來，每一道幾何題目背後都有着一定的法則和規律，每一類題都有着相似的解題思想，這種思想的集中體現，便是模型（變形金剛的原力所在）。因這一次空間想像力的強力激發，宇暉真的找到了感覺和狀態。雖然，模型思想的建立並非一朝一夕，但這扇窗畢竟是打開了。「感謝蜜蜂！感謝轉動巨大萬花筒的那只神奇的手！」

最後，宇暉還做出了一道附加題：「紀塔娜圈地」，他想出了，把剪成條的公牛皮連接起來，圈成一個半圓，這個半圓的一邊正好是一條海岸線。「要得到最大面積就一定是這樣。」他正想拍手獎勵自己，卻聽見了爸爸呼喚的聲音。轉身沒看到媽媽，以為她是去廚房了。

宇暉來到客廳，才見爸爸剛剛扶起眩暈倒下的媽媽，囑咐宇暉自己吃飯。這時媽媽雖然有發燒，大腦倒很清醒，虛

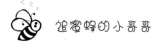

弱地擺擺手説：「不要緊，可能就是累了。」但爸爸不由分

説，背着媽媽進了電梯，下樓上車去醫院了。

第四章
山重水複疑無路

　　金燦燦，亮閃閃，大團大團圓盤似的向日葵開得正盛。是的，城市西郊，那些宇暉在春天播種種下的向日葵花田，植株高的已經有一米多高了。遠處來的蜜蜂群散開在裡面，立刻就會消失在一片片金黃的波濤裡，只有近前去才能聽見嗡嗡嗡的蜜蜂歌唱聲。

　　出了地鐵，宇暉幾乎是一路小跑到向日葵花田來的。遠遠望見金黃色的花海，他鬆了一口大氣，但沒有放慢速度，好像怕誰會偷了花兒，變魔術將花海變沒了。他一直沖到花田裡，確信眼前與陽光同在的大團金黃圓盤是真的，心裡才放下，感到酸楚中的萬幸：這一片花田還沒有被圈走。

　　面前的植株有些到他的腰部，有些到他的肩膀，多數已

經超過他的頭頂了。但，明明在夏日的陽光下，宇暉卻感到一陣陣發冷。他伸出雙手，小心地捧着一朵陽光下的向日葵，手裡的圓盤竟忽然變成了一捧待葬的落花，宇暉眼裡不由地湧出淚水，喃喃自語道：「我好痛！我的花兒，我的蜜蜂，你們都招惹誰了？」

他望向天空，光怪陸離之中仿佛都是凋零的花瓣和死去的蜜蜂，旋轉着，飄落着。隔着淚水，他又看見了十幾天前的一幕幕：

宇暉所居住的這座S市在不斷進行整改規劃。最近，S市整改部門改造了許多道路的中間狹長空地，以及路邊，小溪邊，各所學校周邊，將宇暉一年半以來撒種、培育出來的片片花圃全都鏟掉，栽上了一些不知名的觀賞植物，而且，距離他們社區不到一站路的新打造的生態公園也被整改，宇暉的那些引蜂的花叢花圃全都遭了殃，被無情地剷除，栽上了紅紫色葉片的不開花的植物和其他公園裡廣泛種植的三角梅等。只有他自己居住的社區裡因業主叔叔阿姨們幫着再三求情，才被保留下一些房屋周邊的花叢。

宇暉得知消息後連忙趕去，當他看到辛苦種植的花叢和連片花圃幾乎一夜間消失，頓時淚奔了，他先是憤怒地用兩隻拳頭打着空氣，而後，他茫然地揚起頭，覺得一切仿佛都

變了模樣，邪風旋轉着吹來，空中飛揚着數不清的花枝花冠，像被霜打了一樣，花兒們流着眼淚瑟縮着飄落下來，成枯凋的殘瓣，連同蜜蜂們的屍體一起被垃圾車運走了。更可怕的是，S市在擴建，城外郊區也開始圈地了，城北城東皆被圈上，要建商品房或企業基地。原先的空地上長出的花田也遭厄運，那些已經發芽生長的十幾釐米高的紫苑花幼苗被全部圈進去，悉數陣亡了。其中城東的紫苑花田還是S市少年宮裡的新朋友曉泉去種的，他也是回應岳老師微博發帖後加入宇暉團隊的初一學生。唯有城西不知命運如何。

從城北城東回來，宇暉一句話也不說，寢食難安地熬過了又一周。他不敢太釋放自己的情緒，雖然，媽媽的發熱倒是很快控制住了，醫生說是感冒加上「美尼爾氏綜合症」，輸液服藥幾天後就出院了。可是，他不想讓媽媽為自己擔憂太多。

今天週末，他匆匆趕來城西，看到倖存的一幕，不覺無限感慨。宇暉鬆開手裡的向日葵，用紙巾擦乾了眼淚。他行走在金黃的花田裡，望着眼前的花朵，偌大的花心裡已有幼嫩的花種生成，細窄的花瓣圍在四周，如金色的光芒綻放，好似一個個小太陽連成大片，宇暉心裡的寒意慢慢減退。但，以後怎麼辦？他不知道。如此惡夢突然臨到，對他的打

擊實在太大了。何況,他還得到幾十封北方、東南方大中城市少年宮來的電子郵件,那些城市也發生了這種圈地的慘劇。宇暉只能迷茫地走在花間,不甘心地走在花間。他甚至忘了去看不遠處另一大片薰衣草的情況怎樣了。

「小蜜蜂!」垂頭喪氣的宇暉不經意間發現了蜜蜂,他的眼睛亮了起來,原來,蜜蜂們挺喜歡向日葵的,花大蜜多呀。此時,在圓盤似臉的花叢中,蜜蜂們絲毫也不氣餒,自在地時上時下飛舞着,展示着各自曼妙的舞姿。宇暉追了上去,觀賞着昆蟲王國的小精靈采蜜的優雅。是的,很優雅,金色小精靈們迅速地扇動它金色的翅膀,揮舞着它的六隻小腿,一旦停穩了落在花間,便轉動着它的複眼,查看花蕊的蜜源,然後快樂地張合着它的口器,採集花蜜,傳播花粉。絲毫也不知道,有一天會沒有了蜜源,或者,有一天蜜源會改變了性質。

月馨坐在爸爸的電動自行車上,遠遠地望見向日葵花田裡有一個移動的身影,猜到肯定是蜜蜂哥哥。她讓爸爸先回去,自己拿着畫架和畫夾走了過來。一個星期前,也有人來這裡圈地,將宇暉原先種的薰衣草花田剷除了一半,說是要建別墅區。從工人口裡得知城北城東的情況更慘更嚴重,這個安靜的女孩兒真的坐不住了。她擔心,蜜蜂哥哥怎麼受得

了？

上次見面，月馨聽宇暉說起全國各地大中城市少年宮的孩子們紛紛回應「保護蜜蜂行動」，都在種花了，那神采飛揚的樣子深深感染了月馨。他還說起本市少年宮裡也有新朋友加入，就是曉泉。曉泉對紫苑花播種有經驗，自家院子裡種了些，所以毛遂自薦到城東郊區去種植紫苑花，這邊氣候較熱，不拘時間，就看準天氣直接將準備好的種子帶去播種入土壤，差不多12天左右就發芽了。他們兩人一起憧憬着，這種多年生的植物很容易生長，到時候花色也是豐富多彩，白色、粉色和紫色都會有，是非常重要的蜜源，會引來大群的蜜蜂。而現在，城北城東都淪陷了，僅存的城西也喪失了一部分薰衣草田。

可是，病弱的月馨能做什麼呢？她甚至可能活不了太久，出院時她就知道，自己只是症狀緩解了，不可能根治的。

那一天，不知不覺，傷痛的她來到了河邊。天色慢慢暗了下來，抹着眼淚的月馨望着靜靜流淌泛着銀光的河水，面前自然就出現了那次放河燈的詩意場面，她似乎又聽見了宇暉在立志，聽見了自己許願的聲音。接着，她看見了那只小

小的河燈，仿佛它正在眼前悠悠地飄着，而青蛙——那個壞精靈調來了暴風雨，波浪撲打着小小的河燈，紅色紙杯托着的紅燭在無奈地搖曳，一時間，波濤幾乎就要吞滅河燈，就要撲滅小小的燭光了。月馨急了，連忙呼求說：「父啊，不要這樣，幫助我們吧！如果我能夠做什麼，付出生命也在所不惜！」

當時就有一個聲音在她裡面說：「你可以畫畫呀！」她心裡一亮，是的，最近她畫了許多花兒的畫。薰衣草的，向日葵的，還有她要爸爸找來的紫苑花的照片。但，畫了畫又能怎麼樣呢？

月馨忽然感到一陣強烈的頭暈，她馬上拿出隨身帶着的那把銀梳子，從頭頂開始梳頭，一點點梳下來，再反復從頭頂往下梳，不斷梳下來。這是很精緻的一款銀亮的梳子，形狀像半彎的月亮，上面雕刻有美麗的孔雀圖案，是990雪花銀的，有點重，她的小手握着還有點大，媽媽告訴她，是一位老中醫送的，說可以刮痧治病，她一頭暈就用它梳頭，從頭頂百會穴處往下梳，長長的黑髮瀑布般瀉下來，垂到頸後。她用力地梳着，一直梳到百會穴很舒服，整個人很舒服，不知不覺頭已經不暈了。

不知什麼時候，薄薄雲層裡的月亮緩緩地移上了頭頂，

46

是半圓形的，半圓的月兒倒影在靜靜的河水裡，月馨無意識地伸出手去，那手裡正亮着那把半圓形的銀梳子。立時，天上的月亮與雪花銀的梳子及水裡的月亮倒影剛好連成了三點一條直線！

「奇妙！」月馨回頭瞭望身後小鎮房子的輪廓和昏暗的燈光，又用腳踏了踏河邊的草叢，好讓自己確信不是在做夢。這樣的奇境該需要何等絕妙的角度，何等恰巧的時間，也許自己等待了一生之久呢。

忽地，恍惚雲天飛落一道流光，眨眼間，一位靈秀的小仙子停在了月馨面前，全身閃爍着銀亮的星輝。月馨吃驚地睜大了眼睛。

「你好！我是黎莎。」小仙子優雅地拉了拉右面的裙邊。

「是你？」月馨想起來了，她是童話書中的那位芭比——在煉火中化身鑽石，走上星空的公主！難怪有點面熟。

「不要怕！我奉差遣來告訴你，父可以滿足你的一個願望。你可以說，是治好你的病使你延長生命嗎？」她的聲音像好聽的夜鶯。

「嗯……」月馨遲疑了一會兒，要是原先她當然會這樣

要求。可是現在不同了，延長生命還不是和蜜蜂一起消亡嗎？她有更急迫的使命。「我希望賜給我一種能力，讓我畫的畫可以變成真的花田，來幫助宇暉哥哥。他現在遭受空前的劫難，他的花田被破壞被規劃，他需要幫助。」月馨的聲音開始有點顫抖，慢慢地越來越堅定。她抬起頭，祈求地望着黎莎。

「你要想好，一個人只有一次機會。」

「我……我想好了。黎莎公主。」

「好的，可以滿足你。」夜鶯般的一聲啼鳴，那縷星光消失了。

夜色變得異常幽暗，月馨扶住河邊的一棵樹，穩住自己，默默注視着漆黑的河水。啊，她居然又看見了那隻河燈！它好像在很遠的地方，又似乎就在近處，它又亮起了紅燭，悠悠地向前飄去。爸爸寫的那首詩歌的旋律響了起來：

「飄吧，我的河燈，我的紅燭！飄吧，你知道我心裡的彼岸在哪裡，你知道我今生註定的燃燒為了誰。是的，時空之外的他認識你。

「我卻不知道，不知道多少次天空塌陷，波浪翻滾，吞噬了我嬌弱的河燈。他悄然蒞臨，扶起並烘乾我的紅色紙杯，再次點燃裡面的紅燭，重又回到雲團之上。卻不能，不

能讓我的軟弱看見。

「飄吧，我的河燈，我的紅燭……」

月馨含着淚微笑了。

聽見電動自行車的響聲，宇暉就抬頭張望，望見月馨正向自己走來，連忙轉身迎向她，只是步子有點踉蹌，他趕緊調整了一下，站定在她面前，伸手拿過畫架架在向日葵花間的路徑上。

「怎麼又出來啦？你不能累着，聽你媽媽電話說，你剛出院不久，還需要好好休息。」宇暉看見月馨的臉龐有點消瘦，憐惜和疼痛感又油然而生。

「沒事，我畫畫就是一種休息。」月馨又笑了。

聽說了城西花田的現狀，宇暉分外心疼那些被毀掉一半的薰衣草田，不知為什麼，他感覺月馨就是薰衣草的化身，好似淡到了極處，卻又刻在心底。但這時，他驚訝地聽見月馨在安慰自己：

「蜜蜂哥哥，你不要氣餒！破壞了，就再種，到更遠處去種，現在我們有辦法了。」

月馨邊說邊打開畫夾，取出一摞已經畫好的水彩畫，全是一片片彩色的花圃花田。這幾天，她重新向教繪畫的老師

學習了水彩畫，她不再畫特寫，而是濃墨重彩地畫水彩花田，畫了一些薰衣草的，又過來畫向日葵，加上原先模仿照片畫的紫苑花，已經積纍了不少。

「看！這些畫就是真正的花圃，一張畫就是一片花田，可以連成一片片花海，真的，拋出去就成了。天上的父應許我的！」月馨將一摞水彩畫交給宇暉，「你試試嘛！」

宇暉伸手接過來，小心地托着，他願意相信她。但他心裡還有些嘀咕：拋出去就成了麼？他轉身沿着路徑走向更遠的空地。

宇暉左手托住那些畫，右手拿着一張薰衣草的畫用力拋出去，畫落下來，眼前立刻出現一片藍紫色的薰衣草花田，迎風盛開着，還有淡淡的芳香。他樂了，又拿出一張畫，邊走向前邊拋出去，一張又一張，一張張水彩畫拋出去，落在哪裡，哪裡就幻出一片片真正的花海來，真是神跡啊，真是神速啊，而且不受種子，雨水，季節，土壤等因素影響。當路徑左右都滿了鮮花，宇暉跳着蹦着，恢復了活力，月馨在後面拍掌歡呼，同時她許願說，要畫更多更多。

末了，宇暉來到坐在畫架前畫畫的月馨身邊，問道：「月馨妹妹，你為什麼不求天上的父治好你的病呢？莫非他不能掌管生命？」

月馨沒有直接回答，好一陣才慢慢地說：「我原來也怕死。但現在有了希望，」她注視着宇暉的眼睛：「如果死亡後面，或者走入死亡的門，那裡面是這樣的一片花海，我就沒有懼怕，也沒有遺憾了。」

　　宇暉靜默了一會兒，這個話題太沉重了。

　　「爸爸說，蜜蜂們也喜歡紫雲英，只是播種紫雲英對種子要求高，不好操作，需要曬種，擦種，才能提高出芽率。現在好了，我要他找來紫雲英的照片，我照着畫就行了。」月馨轉移了談話內容。

　　「你給我畫一張向日葵花田裡的畫像吧！我喜歡向日葵。」

　　「好啊，馬上來畫。」月馨幫宇暉調好了姿勢和位置，自己到畫架前，開始用水彩兼彩鉛手繪兩種方法畫了起來。

　　這張畫像沒有畫完。宇暉手臂上的手機錶響了起來，是他爸爸打來的，說是媽媽尿血了，讓他趕快回家。

第五章
決定了，尋找寶座

　　宇暉下午放學回家，一路上都像在夢遊，一路上都在回味昨天夜裡外婆給自己托的夢。與此同時，他身旁總好像跟着一個奇怪的矮個子，身穿一套墨綠的迷彩服，時而身前，時而身後，時而近，時而遠，不斷做着怪相，攪得他心神不定，認真去看又沒有了影子。學校離家很近，過了馬路就到了自己的社區，宇暉進了電梯，大堂值班的阿姨喊他都沒有聽見。

　　上到十九樓，宇暉輕輕叩門，只叩了幾聲，護理媽媽的姑姑就來開門了。宇暉打起精神，他不能讓媽媽看出自己的恍惚狀態。放下拉杆書包，他就來到媽媽床前，心裡不覺湧上一股酸楚，才兩個月，平日要強的媽媽就病入膏肓了一

般，幾乎起不來床了。聽爸爸説，她患的是晚期腎癌，尿血時已很嚴重了，肉眼可以看得見鮮紅的血液，並持續性腰痛。在醫院裡做了各項血液化驗和增強CT後就確診了。這個年月患癌症的人多，一般都瞞不住。所以媽媽知道自己的病情，她的父親就是這個病走的。由於發現晚了，經過與醫生反復商量，一致同意不做手術，而採用靶向藥物治療。這樣做雖説控制了一段時間的血尿和發燒，但癌細胞仍然轉移了。醫生説，她最多還能活一年。

聽到腳步聲，媽媽轉過身來側臥着，宇暉先上前緊緊抱住媽媽，然後鬆開，在媽媽的臉上認真地親吻了三下，就像蜜蜂親吻花朵那樣。媽媽笑了，憔悴的面容有了一點生機。是她自己堅持要出院的，她説，就是死也要和家人多在一起。暑假的後半段，宇暉一直伴隨她左右。

「知道今天是什麼日子嗎？」媽媽輕聲問道。

「知道，是媽媽的生日！祝你生日快樂！我還為您準備了鋼琴演奏來祝賀你的生日呢。」

「真乖，快去寫作業吧，寶貝。」她的聲音很虛弱，行動也不便，因為腿部發生了精索靜脈曲張，是繼發性病變，平臥後曲張靜脈並不消失，醫生説，可能靜脈內有癌栓了。

「嗯，我就去。」宇暉順從地回到自己的書房，在書桌

前坐下來。窗外傳來社區運動場上的笑聲，他拼命搖搖頭，用抽抽紙堵住耳朵。

作業不難，宇暉很快就完成了。但接着還要做奧數題，宇暉的奧數學得很好，本來應該也花不了太多時間，只是他今天心不在焉，反正奧數作業又不是明天必交。他做了一道題就停住了，起身從書架上拿出了一本安徒生童話，卻又沒有立刻翻開。他此時並不是為那些花田操心，事實上，這兩個月他很少去月馨那裡取畫好的畫，來擴張花海的帳幕。因為他聯繫了好朋友曉泉，托他每週末去找月馨，取畫擴張花田，曉泉做的很盡心。此刻，他想的是另一件事。

昨天夜裡，宇暉在無奈中睡着了。迷迷糊糊地，他看見天上下來一個身影，那麼熟悉，那麼親切，近了才看出，是他死去的外婆來了！

「孩子，我的寶貝！」外婆身上還縈繞着縷縷雲絮，「你要去尋找寶座了！你願意嗎？」

「尋找寶座？為什麼？」宇暉很困惑，他從來沒有聽說過寶座是什麼，也不知道怎麼去尋找呀。

「因為你媽媽的病這世上沒有醫藥可以醫治，她會死去，永遠離開你。只有寶座上的生命之主可以救她，讓她不死。所以你要去尋找寶座。生命之主掌管着生命啊！」

「生命之主？他在哪裡？」

「在至高的寶座上，在人不能靠近的光裡，人不能仰視他。但同時，他又靠近傷心的人，拯救靈性痛悔的人。他醫好傷心的人，醫好她們的傷處。」

「也能救月馨嗎？」

「當然。」

「寶座在哪裡？我怎麼找呢？」

「孩子，要用『心』去找。總有辦法的。」外婆指着自己的心口。但接着，外婆說了一句話，讓宇暉傻眼了。「孩子，你去尋找寶座，是要付代價的。就是不長高，倒要長胖，只有找到寶座才能復原。這是有風險的，你願意嗎？」外婆柔聲問。

「不長高，倒要長胖？」他的聲音顫抖了。這就是說，他需要放下自己，打破偶像，捨棄自己擁有的驕傲。可他很愛惜自己的形象，他知道自己是很帥的，英氣勃勃的，可是，沒有了身高，還長胖，就不帥了。還有，他喜歡踢足球，打籃球，他當學校的足球隊守門員，他投籃也很準，是有天賦的。可是，不能長高就不能玩足球和籃球了。仿佛，社區運動場上正有人打球，他羨慕地望着那個方向，聽到窗外小朋友們的歡笑聲，他不想長胖，於是痛哭了起來。

「付代價要看值不值得。寶貝,你可以的。」外婆撫慰道。

外婆不見了,他也從夢裡醒來。於是,白天就出現了那個穿迷彩服的矮胖子,身前身後地跟着他。

此刻,在書桌前,宇暉翻開了手裡的安徒生童話,翻開了那篇他最喜歡的《海的女兒》。他想起小時候,五歲多吧,外婆給他買了一本帶彩色插圖的童話書《海的女兒》,他結合着彩圖一口氣讀完,靜默了許久。記得外婆問他:「為什麼小人魚願意付出美妙的聲音?為什麼小人魚願意忍住走在刀尖上的痛楚?為什麼小人魚能堅持下來呢?」宇暉含着淚,沒有作聲。外婆告訴他,「因為她渴望有一個不滅的靈魂。」宇暉開口問道:「為什麼不是因為她愛王子呢?」外婆答:「孩子,靈魂比愛情更重要。」慢慢地,宇暉靜下心來,窗外運動場上的聲音也不那麼紛擾喧囂了。但同時,那個穿迷彩服的矮胖子又出現了,時近時遠,對他做着怪相。

「今後,我就要變成這個樣子嗎?」他很難過,幾乎又要哭出來,但他已知道自己必須做出對的決定。於是他深吸了一口氣,下定決心與之一搏,他站起身來一拳打過去,那個穿迷彩服的矮人側身一閃,也揮拳打將過來,兩人就對打

起來，互有中招，難分勝負。

「宇暉，吃飯了。」姑姑在飯廳裡喚他，飯菜都擺好了。綠影馬上消失，宇暉穿過客廳走到飯廳裡來，看見爸爸這時也回來了。

宇暉不記得他是怎麼吃的飯，吃了些什麼。雖然沒有再看到，可他心裡記掛着如何才能真的打敗並打跑那個綠影妖怪。

爸爸從冰箱裡取出了白天為媽媽訂製的生日蛋糕盒，小心地取出盒子裡面的蛋糕。爸爸很用心，他訂的是最好的品牌：奧利奧鮮奶水果蛋糕。這種鮮奶加巧克力味兒是媽媽平時最喜歡的，她還喜歡水果，所以，蛋糕裡夾層了草莓、芒果、鳳梨、藍莓等小塊鮮果，面上一層奶油手繪了彩色的心形，上面寫着：祝虹影三十八歲生日快樂的字樣。虹影就是媽媽的名字。

爸爸進屋裡抱出媽媽，將她放穩在客廳沙發上坐好。為了媽媽能坐穩，蛋糕從飯桌上移到了客廳的茶几上。姑姑擺開切刀、小盤子和叉子，又在蛋糕上面插上幾支彩色小蠟燭點亮。爸爸手拿漂亮的壽星帽子，為媽媽帶在頭上。宇暉拿來一面鏡子，他知道媽媽愛美。媽媽小心地理了理頭髮和帽子，滿意地微笑着。

「現在壽星許願。」燈關了，屋裡暗下來。這是爸爸的聲音，不知為什麼，他的表情一直很嚴肅，可以說，沒有任何表情。

宇暉注視着閃爍不定的燭光，這是象徵生命的燭光嗎？他眼前忽然出現了那個晚上與月馨一起放河燈的畫面。那只河燈，那只盛着小小紅燭的河燈，現在在哪兒呢？在時間的河流裡，在空間的風風雨雨中，它能飄流多久呢？想到這裡，他立刻低下頭也開始許願了，他覺得，眼前生日蛋糕上的彩燭，就連着那只河燈裡的紅燭，他最親近的人就是媽媽，還有月馨，是的，他沒有妹妹，心裡已經將月馨當做了自己的親妹妹，她們兩人的命運就關聯着閃閃的燭光啊。宇暉許願了，兩手合在胸前，默默地說：「父啊，我願意去尋找寶座，我願意為自己最親近的兩個人付代價，不，還為更多的人，我的『保護蜜蜂行動』的目的也是讓生命勝過死亡。就是我長胖不長高也甘願，就是我吃苦受累，上天入地也甘願。」只是宇暉沒有想好，自己願不願為她們死，因為他很怕死，他覺得自己勝不過那扇門後面的死魔。

該吹蠟燭了。媽媽一口氣只吹滅了兩支，還有好幾支，宇暉上前幫着媽媽吹滅了全部蠟燭。

燈亮了，大家一起拍手唱起「祝你生日快樂歌」。媽媽

臉上卻流出一串淚水，「謝謝你們，我很高興，雖然這是我的最後一次生日晚會，雖然我的生命就定格在三十八歲了……」

「不，媽媽，有辦法的，我要保護你，讓你能活到八十三歲！」宇暉用紙巾擦着媽媽的淚珠，也努力忍着自己的淚水，他要慢慢對媽媽解釋。他這時忽然明白，必須去尋找寶座，生命之主能救媽媽和月馨，當然也能救蜜蜂，同時也能救人類啊。

宇暉的鋼琴演奏開始了。媽媽虹影提出要在沙發上躺着聽，這樣可以看着宇暉彈奏的情景。她不想進屋裡睡到床上。

虹影望着宇暉輕輕取下鋼琴上的絲絨罩子，打開鋼琴蓋，端坐在琴凳上，那琴凳調的與宇暉的身高正合適，還是她為他調好的。此時，虹影看着宇暉從一摞五線譜琴譜裡取出一本來，他開始彈了起來，悠揚的旋律從琴鍵上流淌出來。第一首竟然是「聽媽媽講那過去的事情」，優美抒情，虹影感動了，顯然這是孩子特意為她選的曲子，他知道她喜歡。一首之後大家都拍手稱讚：「好棒好棒！」其實，他當初學琴就是因為媽媽喜歡，他自己更喜歡運動的。

虹影陶醉地看着宇暉一首接一首地彈着，彈了「E大調

與升C小調」，又彈較複雜的「杜維諾伊練習曲」。她記得，宇暉六歲時就開始學琴了，那時只能彈較簡單的「拜厄練習曲」和一些短歌、片斷。虹影常常陪練，看着他一步步成長，每一曲都先練一隻手，右手練好了，再練左手，然後合手彈，越來越熟練。現在他兩手手指快速跑動着，手臂手腕都很輕鬆，但音符又很清晰，顆粒流暢自然，完全符合要求。虹影再聽另外幾首，宇暉的指尖流出動聽的音樂，時而疾風暴雨，時而珠落玉盤，時而小溪潺潺，時而鳥鳴聲聲，尤其是那曲布穀鳥鋼琴曲，將全家帶進了迷人的大森林裡，聆聽天籟洗滌靈魂。他的身體隨着樂曲自然地晃動，沉浸在表達的意境裡。

但突然，宇暉面前又出現了那個穿迷彩服的醜人，怪笑着擋在他和家人中間，但家人們都看不見。宇暉不想停下，他忽然有了一個想法，用音樂擊垮它，驅逐它，否則靠自己勝不過的。

宇暉開始彈貝多芬的「命運交響曲」，他還不太熟練，手邊沒有琴譜，但他努力回憶着，在琴房裡學過的。他最先接觸到貝多芬是因他的一句話，他說：「我要扼住命運的咽喉，絕不能讓它毀滅我！」宇暉感覺很震撼，也知道很多人從中獲取力量，重新鼓起了勇氣。宇暉彈出了那扣人心弦的

敲門聲，當當當當！對，命運就是這樣敲門的，第一樂章彈出了效果。但接下去他的記憶卡殼了，時斷時續，那從苦難和鬥爭上升為歡樂和勝利的過程沒有完成。

那個醜人怪笑着，沒有害怕的意思，還不斷揮拳想進攻他。

宇暉急中生智，用力按下了琴鍵，這次是亨德爾的巨着《彌賽亞》，雖然他還不會彈這位大師的這部着名音樂劇，但他聽過，全曲莊嚴激昂，高潮迭起，反復詠唱，氣勢宏大。他暗暗地記下了全劇的結尾：「哈利路亞」。現在，他就反復彈着「哈利路亞！」這結尾強而有力的旋律在崇高的感動中穿過雲霧，直達光明之境。

果然，他的每一次按鍵都打在迷彩怪人的要害上，它步履踉蹌，它一次次倒下，最後，它退卻了，不見了！

宇暉打倒了對方，也打倒了自己的偶像。他要去尋找寶座了！

角落裡，一隻大蛙在幽暗中不甘地溜走了。

一道生命水的河，明亮如水晶，從神和羔羊的寶
座流出來。

（啟示錄 22:1）

第六章

向日葵版的宇暉畫像

淡黃色、橙黃色、金黃色……

月馨面前，一片無涯的碧綠托舉着一隻只金盤似的向日葵，它們在陽光下開放着、延展着、燃燒着熾熱的血液，變化出萬千舞姿。這不是半年前宇暉所種的那片向日葵花田，不是上次她遇見宇暉在盛開的向日葵中間追尋蜜蜂的花田，那片向日葵的花期早已過了。

眼前，是宇暉用她畫的畫一張張拋出去，落下來，變成的連片向日葵花田。正在盛花期，那些大朵大朵開放的向日葵花心已經結滿了葵花籽。要知道，她的畫變成的花田是不受種子、雨水、季節、土壤等因素影響的。今天，月馨讓爸爸騎車帶她來是為畫那幅沒有完成的宇暉的畫像，同時呼吸

田野的清新空氣。她讓爸爸先回去了，自己留下來欣賞這大自然的傑作。雖然這些花海是她的畫變成的，但無疑也是大自然的手筆，因為她畫的畫裡花田是平面的，而拋出去又落下來的花海卻是立體的，有生命的，能成長的。只有大自然背後的神力才會這麼奇妙，才有這樣的創造活力。隨着她病情的發展和身體的衰弱，她每天畫得越來越快速，有時畫面上就是大寫意的彩色花田，甚至看不出是什麼品種的花兒，甚至有些潦草。她在搶時間，最近她總是頭暈，媽媽又讓她住院，她擔心自己的時間不多了。

今天，月馨決定畫完宇暉的頭像，然後再畫花田。而宇暉的畫像應當是在向日葵中。在她的印象裡，宇暉是更接近向日葵的，儘管她稱呼他蜜蜂哥哥，可他那麼陽光，簡直就是隨太陽而轉的小太陽。是他，給每天只能吃藥的月馨帶來了不一樣的光彩，她的人生連接上了一個非常有意義的事。她感謝他。

月馨取出那幅沒有畫完的宇暉畫像，在畫架上放好，先端詳了一會兒，她微微眯起眼睛，因為陽光下的花朵太炫目了。記得那天下午，她讓宇暉站在向日葵花前，並微微側轉身，背景就是寫意的向日葵花田，側面有金色的陽光照射過來，正好在他臉上描出了層次，顯得更有立體感。她要的就

是這種效果，至於宇暉的樣貌，早就在心裡清晰地呈現。記得，月馨剛剛畫完虛化的背景，畫完臉部的整體輪廓，畫出了一隻耳朵，那是一只有靈性的開合角度較大的耳朵，她又幾筆將濃黑的短髮覆蓋住上面的三分之一，這時，宇暉就接到爸爸的電話了。

此時，月馨坐在摺疊凳上，拿出彩鉛筆接着描畫起來。畫上兩道微微上斜的劍眉，在眉下勾出了一對眼睛，他的眼睛不算大，但是很亮，透出一股英氣和頑皮，再幾筆加上鼻子和微張的嘴巴，表情像是在笑，還有幾分呆萌。不經意間，他的頭像竟重合在一朵映襯着藍天的向日葵花上，一圈金色花瓣鑲成了他頭像的花邊。他的肩頸以下，穿着一件淺藍色胸前有卡通圖案的T恤。當然啦，圖案下面就虛化了。就這樣，帥帥的宇暉畫好了，他的眼睛很傳神，好似穿過畫框，望着前面極遠的地方。

月馨靜靜地欣賞了一會兒。她並不十分滿意，因為她心中的宇暉哥哥是動態的，他張開雙臂，像枝葉伸展，他步履輕快，穿行在傘狀的淡紫兼白色的紫雲英花海裡，穿行在金輝熠熠的向日葵田野的阡陌上，當蜜蜂成片死亡時，他舉起自己並不強壯的手臂，為它們撐起佈滿雲絮的一小片天空。

沒有風，月馨卻無端感到有一點頭暈，她伸手去摸那把

隨身帶的銀梳子，沒有摸到，才想起銀梳子已經送給宇暉
了。她連忙掏出小杯子和藥片，用水吃了藥，慢慢感覺好一
點了。

　　沒有風，就像半個月前的那個週末。月馨剛剛梳完頭，
見宇暉匆匆來了，她意外地聽宇暉說，他的媽媽患了嚴重的
腎癌，她驚奇地看見蜜蜂哥哥變胖了，只是還好，胖得均
勻，他仍然很靈活。蜜蜂哥哥告訴她，為了救活患上絕症的
媽媽，為了救活月馨妹妹，也為了救活地球上的蜜蜂們，他
必須去尋找寶座，尋找寶座上的生命之主！他將外婆托夢的
經過講給她聽了，他信任她。

　　月馨沉默了，冥冥之中，她裡面的眼睛也似看到過一位
至高的存在，就如護住紅燭的無形手臂，就如黎莎棲息的奧
秘星空，不然她也不會放河燈了，但總覺得還不十分清晰，
對寶座她也是第一次聽說。良久，月馨抬起淚濕的眼簾望着
他：「蜜蜂哥哥，你去吧！去尋找寶座吧！只是要常聯繫，
多告訴我情況，好嗎？」她的眸子很清亮，儘管尋找寶座不
是一個簡單的事，還不知去哪裡尋找呢。而宇暉和月馨的媽
媽之間有聯繫的。

　　「我會的！我唯一放心不下的就是你的身體，你可要堅

持到我完成使命啊。」宇暉有點擔心。

「沒問題。蜜蜂哥哥。對了，我把這個寶貝送給你，可能幫得上忙呢。」月馨說着，就掏出了那把珍貴的銀梳子，半圓形的銀亮的梳子在月馨纖瘦的手上，已經磨得很亮很亮，就如半圓的月亮閃閃發光。

「不行不行，這是你隨身帶着治病，隨時要用的。」宇暉連連擺手，他知道銀梳子有治療作用，堅持不肯收下。「而且，根本用不上的。」他看不出來有什麼用處。

月馨卻一再堅持要送，並鄭重地告訴宇暉，這把銀梳子有神奇的功用：「在有月亮的夜晚，你如果在一處水邊，無論是小河還是湖水，看見月亮投影在水裡，你伸出手裡的銀梳子，當月亮、銀梳子、水裡的月亮呈三點一條直線時，就會看見雲上飛落一顆小星！那是芭比公主黎莎化身的仙子，她會下來幫助你，實現你的一個願望。記住，只能提出一個願望！」

宇暉見月馨這樣說，再不收她會生氣了，才伸手接過那把銀梳子，小心地放進背包，珍藏起來。

「哇塞！這簡直就是宇暉的田野版，好生動啊！」曉泉剛剛走到這裡，在後面歡呼起來。他今天又來找月馨取花田

的畫，這是宇暉託付他的。而他十分忠於職守，每個週末都
來取畫，然後或乘車或步行去更遠處撒出去，有時就在城
西，有時又去城北或城東，去那些沒有被城建圈住的地方，
他不斷地去撒月馨的畫，讓花田的幔子擴大再擴大。剛才他
去了月馨家，得知她在這裡就馬上趕來了。

「曉泉哥哥，你好！你說，真的很像嗎？」月馨從回憶
中醒來，但沒有立刻站起來，而是指着畫架弱弱地詢問。

「像啊！我剛才差點以為是真人。」曉泉老實地回答。

月馨高興了。她打開畫夾取出了七幅畫，都是大波斯菊
花田的寫意畫。這也是半個月前宇暉來的時候託付的，那次
他帶來了爸爸用手機在社區院子裡拍的大波斯菊照片，交給
月馨。大波斯菊可以吸引很多的蜜蜂來光顧，那八瓣的花
朵有橙黃色、淡粉色，還有白色帶紅邊的，花朵輕盈嬌弱，
卻吟唱着快樂和堅強的讚歌。宇暉抽空帶來給月馨，是為了
增加種植花朵的品種，而且他相信月馨也會喜歡這種美麗的
花兒。他本來不想讓月馨太累了，但只有月馨畫的畫才能長
出花田來，別人的，無論是畫還是照片都不行，沒有這個功
能。他並不知道，月馨的畫能有如此的生命，是因為她捨棄
了自己疾病痊癒能夠活下去的機會，月馨是用她自己的生命
換來的神跡。月馨沒有告訴他。

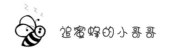

曉泉接過了月馨遞來的那幾幅畫，展開一看就讚歎道：「太美了！」想了片刻又問：「下一步你準備畫什麼花兒呢？」

「今天下午就畫向日葵，明後天可能會繼續畫薰衣草……」她沒有說出媽媽讓她住院治病的事。她不想給小哥哥們添亂。

曉泉感覺出了什麼，說：「你要當心身體哈！」曉泉是個初一的學生，生的高大壯，他願意做保護宇暉和月馨的大哥哥，但他也敬重宇暉，尊他為「保護蜜蜂行動」的小司令。

月馨懂事地點點頭。她現在關心的是宇暉尋找寶座的進展，她知道，他只有不到一年的時間，他媽媽虹影的病不能拖太久。

「唉，不太順利呢。」曉泉老實地感歎。他和宇暉常常聯繫，但這件事他幫不上忙，他根本就不知道有「寶座」這一說。

「宇暉在城裡的尋找是失敗了。」聽月馨詢問，他慢慢講來。

宇暉一開始不知該怎麼尋找，但他願意找。他想，如果寶座是可以在人群裡找到的，那麼自己所在的這座南方大都

市就是最好的選擇，這是一流城市，現代、繁華、時尚，人流多、快節奏。他雖然不知道寶座是什麼樣的，但他相信只要他找對了地方，寶座是會顯示給他看見的。他記得外婆生前常說：「你們祈求，就給你們；尋找，就尋見；叩門，就給你們開門。」（太7:7）

　　於是，宇暉利用每個週末時間，或乘公交或乘地鐵或搭爸爸的車，去了各個地標所在處，在第一高樓和其他高樓群觀看週末燈光秀；去了各個網紅打卡地，體驗那些有名的景點和飯店；他還特別去了自己所愛的S市音樂廳和S市書城，在晚上，這兩處相鄰的高大上的地方都是金碧輝煌的。他曾在音樂廳與世界頂級樂團的小提琴手下枱時近距離互動，他也曾在書城裡買到C.S.路易士所著的兒童文學《納尼亞傳奇》；他去了人流如織的歡樂海岸，去了間歇奏樂的彩色音樂噴泉，在那裡趁着短暫間歇跑過噴泉又跑回來；他還拉着爸爸去了震耳欲聾的高檔電影院和星巴克咖啡廳……

　　最後，宇暉還去了市內有名的仙雲花園裡與遊人一道爬山。到了山頂草坪，他參加了一群孩子們放風箏的遊玩，他將一個最大的老鷹風箏放得又高又遠，他不停地忙着用兩手配搭轉軸，忙着放線或收線，協調風箏與風的高度和角度。他完全忘乎所以了，孩子們都簇擁在他身邊大聲歡呼着，他

是其中放得最好最成功的一位啊。結果，他忘記了自己真正的來意是什麼，以至爸爸不得不叫停他，責備他，喚醒他遺失的朝聖意識。

宇暉失敗了。他迷失在財富的繁華，美豔的喧囂中，而寶座不在這些地方，甚至音樂，甚至詩歌，都不是寶座所在之處。誠如有首歌曲唱道：「我說，我要起來，遊行城中，在街市上，在寬闊處，尋找我心所愛的。我尋找他，卻尋不見。」寶座不在物質裡，不在虛榮裡，不在聚光燈下的驕傲裡，不在人潮擁擠的鬧市裡。「東風夜放花千樹，更吹落，星如雨。寶馬雕車香滿路，鳳簫聲動，玉壺光轉，一夜魚龍舞。」眾裡尋他千百度，過盡千帆皆不是！

宇暉失敗了，他要重新調整自己的方向。

月馨聽了難過地低下頭，半晌，她將畫架上的宇暉畫像取下來，交給曉泉，「送給他吧。告訴他，我們的河燈仍然亮着，我特意去河邊許願，為它加上了尋找寶座的目標。」

第七章
回歸到神性的小樹林

　　宇暉需要重新出發。可是，去哪裡？怎麼去呢？他陷入沉思中。

　　已經是十一月了，宇暉的時間不多，他必須抓緊。媽媽的病情暫時穩着，她仍然在服用靶向藥，但根本沒有進展，只是痛苦地拖延時間罷了。他必須快！

　　這個週末的早晨，宇暉在書桌邊望着窗外，社區外邊的馬路上車水馬龍，兩邊的人行道林蔭裡也是人流熙攘。他轉回頭，知道寶座不在那裡。一個連吸引蜜蜂的花兒都容不下的城市，已經讓他很傷心了，他不想再繼續流連。

　　宇暉伸出手，拿起桌上那把月馨送給他的珍貴的銀梳子。頓時他驚訝地發現，梳子握手處雕刻的那只長長尾翼的

銀孔雀不見了，只在右邊一角上留下一朵小花兒的圖案。宇暉這一驚不小，與此同時，他背後響起了一個細細的陌生的聲音。

「宇暉小朋友，你好。」

宇暉像遭到電擊一般迅速回過頭來，奇了！一隻長長尾翼的銀孔雀立在他面前，它的個子大小比真孔雀略大，而美麗婀娜的姿態與那把銀梳子上雕刻的銀孔雀一模一樣！

「你是誰？」宇暉定了定神，確信它不是敵人，才問道。

「我是月馨的前世朋友，你就叫我小銀吧！」它柔和地回答。

「那麼，你也是我的朋友了。有何見教？」宇暉開心了。

「不錯，我能幫助你，幫助你去到你想去的地方。放心，別人看不見我。我就在銀梳子上棲身。」小銀向他點着頭，表情深奧地說。

「你是說，你能幫助我找到寶座？」宇暉驚喜不已。

「正確地說，我只能幫助你去你要去的地方，但去哪裡尋找需要你自己決定。」小銀認真地說，「你決定吧。」

宇暉長出了一口氣，也行，至少解決了怎麼去的問題。他便清楚地發出指令：「去一個遠離喧囂，使人心安靜的地方。」

「騎上我的背吧，閉上眼睛，用手抱着我的頸部。」小銀囑咐他。

宇暉提着包，騎上了孔雀的背，他沒有忘記帶上月馨的兩幅畫作，一幅是紫雲英花田，一幅是薰衣草花田。

宇暉很聽話，閉上眼睛，只聽到耳旁呼呼的風聲在颳，也許是在樓頂，也許是在雲裡。大約一個時辰左右，他們已經下降了。

當宇暉睜開眼，看見面前是開闊的田野，不遠處，有一片翠綠的樹林。下午的太陽躲進了雲層，宇暉望過去那裡一片蓊鬱，仿佛裡面深藏着一種隱秘的氣息。一隻雲雀劃過頭頂，唱出來的中音竟是「跟我來，跟我來！」他不覺好奇地走向前去。

「別浪費了時間和精力，這裡有空地，你可以撒畫呀！」小銀孔雀提醒他，看樣子，它是有意停在這一箭遠之處的。

可它說的對，所以宇暉順從了，打開背包取出畫卷，哪知手一抖，不慎撕破了一角，他頓頓足，惋惜不已。小銀又說話了，「你把這一角畫也拋出去試試效果嘛！」它說的很肯定，甚至很有見地。

宇暉狐疑地將手裡的一角畫片拋了出去，那一角畫悠悠

落下，立時幻成了一片紫雲英花田！宇暉可高興了，原來，月馨的畫作撕開多少份，就可以變成多少片花田。這樣，可以節省月馨多少體力，可以多變多少花海啊！看來小銀是有智慧的。宇暉開始小心地將手裡的紫雲英畫兒對摺，裁開，再對摺，再裁開，然後他跑着跳着，不停地拋出裁開的畫作的碎片，一片片紫雲英花田就出現了。這是有花蜜的花，有香味的花，白色底托着粉紫色花瓣，雖不及薰衣草那樣詩意，卻也明潔可人。

忽然，宇暉又在花間發現了蜜蜂。它們聞香而來，嗡嗡地唱着，不停地從一朵花飛向另一朵花，一會兒把頭伸進花裡，拼命地吸着蜜汁，一會兒用嘴在花裡舔來舔去，然後用它的六隻腳在花蕊裡刷着。小蜜蜂在每朵花兒中採集花蜜並傳播花粉，忙碌極了。宇暉追蹤着它們，看它們把花蜜吸進自己的肚子，暫存在胃囊裡，把花粉一點兒一點兒掃進腿上的花粉籃裡。一會兒工夫，有的肚子已經吸得飽飽的，腿上還帶着兩個黃粉團，停在花葉上微微喘氣。他觀察着它們，竟感覺空中又飄來了馬克西姆鋼琴演奏的「野蜂飛舞」，那麼空靈夢幻。這是宇暉喜歡的輕音樂，節奏很快，風格詼諧，只是他自己還不會彈。他叫了出來：「野蜂飛舞！」小銀孔雀跟在後面也說：「野蜂飛舞！」

「看它們，辛勤勞作，無怨無悔，釀造生活，真是昆蟲界的楷模，也是人類的榜樣呢。」宇暉回頭對小銀說。小銀笑着連連點頭。

「小樹林到了。」小銀指着前面。

夕陽忽然從雲層裡射出一束束金光，照在蔥蘢的團團相連的樹冠上，如萬點金輝灑在起伏的碧濤裡，之前那麼陰鬱的深綠，濃的化不開的深綠，就分出了許多層次，高低錯落，金輝閃閃，好似無比深邃的綠色宮殿，好似藏着一個仙子，一個美麗的童話。

當宇暉和小銀走進去，走在林中小徑，看見陽光斜斜地照進綠林，樹木的層次更加豐富，片片金綠裡透出神秘的光暈。雖然，沒有野花的嬌媚，沒有山澗的幽深，也沒有亙古的傳說，宇暉卻有着回歸到夢境的感覺，甚至，他好像本來就是這裡迷失了的一片落葉⋯⋯

「小銀，我好像來過這裡。」

「噓，別說話！」

晚霞的餘暉中，小樹林如此靜謐，如此倜儻多姿。最外側的那一排榆樹，主側枝均被砍斷。但就在那軀幹的斷裂處又萌發出柔嫩而修長的綠枝，密密的綠色枝條垂掛下來，照舊翩然起舞，飄灑從容。誰說生命不會戰勝呢？正想着，

一陣清風吹煦，拂面而來，又扶搖直上，急速掠過綠樹的冠頂。小樹林婆娑起舞，枝葉拂動，回聲，在宇暉的胸中久久低回。這僅僅是風，僅僅是空氣的浪波嗎？可宇暉分明感受到一種精神，一個至高無上的律動！

「寶座八成在這裡！也許，只要我輕輕喚一聲，冥冥深處就會傳來他親切的回答？」

癡癡地，宇暉望着清朗的天穹漸漸深邃，一顆、兩顆，那麼多顆小星閃跳出來，越來越亮，無言的撫慰春水般流過他捲曲的心葉。他仰着臉，透過深綠淺綠參差的枝葉，似乎看到，星光朗照的高處，有一張慈愛的臉龐在對他微笑。

小銀孔雀一言不答，只是默默地跟在後面。當宇暉如一片潤滋的音符，漸漸融入這一片清新的交響，它卻看見了一隻蹦跳的魅影，暗綠色的魅影一閃而過。

淅淅瀝瀝，剛才還是晴朗的夜空，怎麼忽然間就下起了驟雨？來不及尋找答案，宇暉和小銀躲進綠蔭。好神奇呀，他們依偎着一株高大的榆樹杆，那長長的綠色枝葉就如低垂的簾幕遮蔽着他們，隔着綠色枝葉的簾幕望出去，外面的世界便如朦朧散文詩境了。童年的夢影在這裡那裡閃現，沙沙沙的雨聲也如蕭邦的一支夜曲，溫煦而纏綿。

隔着綠枝低垂的簾幕，宇暉忽然感到寶座並不遠，他感到

那位生命之主正憐愛地凝視着自己。生命之主只需伸出一隻手臂，便可以捉住宇暉了。而他，終於沒有伸出他的手臂。

雨停了。當宇暉驀然回首，不覺驚呼起來，小銀也怔住了。透過疏朗的叢林，他們看見了一輪燦燦的明月升起在天邊。夢幻一般，綻吐出金黃的笑顏。真的，不是銀白色，而是純金一樣，幾乎燃亮了東方的地平線。

「你，也是不平靜的，心中也在燃燒嗎？你心中有那樣博大的愛，那樣深沉的痛楚嗎？」小銀像個哲學家似的低吟。

宇暉還不能理解這些問題。他還是第一次看到這樣大的月亮，如一朵碩大的黃玫瑰。隱約約，有一種透明的磁力。他不由自主地徑直走上前去。

然而，樹林邊的巨大溝壑攔住了他。這時他才發現，這明麗的月亮竟不是美滿的圓潤，邊沿處，殘缺了一塊⋯⋯

「宇暉，你的身影！你的身影走進月亮裡了！」遠遠地，小銀在背後柔柔地叫了起來。

真的嗎？宇暉想：我小小的身影，真的嵌入了你殘缺的光輪中麼？如果真的有寶座，上面的他必定是無比慈愛，滿有憐憫吧？他必定許可我撲進他的懷抱！

而寶座，終於還是沒有出現。

第八章

大地盡頭的北極光

　　寶座沒有出現。雖然宇暉覺得自己與寶座已經接近了一步，但下一步去哪裡尋找他也不能確定，他在躊躇猶疑着。

　　轉眼冬天來到了。這座南方大都市的冬天也不冷，穿薄毛衣就可以了，樹葉也是綠色的。快十二歲的宇暉還從未見過冰封雪飄的景致，以至他想，既然在近處在熱帶沒有找到，就應當去高緯度的北方，去寒冷的地方，去冰雪覆蓋的聖潔的遠方。對，寶座嘛，就應該在最乾淨的人跡罕至的遠方。

　　「小銀！」沒注意什麼時候，宇暉發現小銀已經從銀梳子上面下來了，正在那裡梳理銀亮的羽毛，「今天是週末，我們抓緊出發吧。」

「好呀，你要去哪裡？」小銀抬起靈動的頭，望着他。

「去冰天雪地的遠方，越北越好！」宇暉信心滿滿。但他還是將月馨那幅薰衣草花田的畫作收藏了起來。那麼靠北的地方一定很冷，不適合花田生長。

「太好了，去冰清玉潔的聖地，只是路途有點遠。不過有我，你就不用擔心啦。來吧！」

說走就走，還是像上次那樣，宇暉騎上了小銀的背，雙手抱住它長長的頸部，閉上雙眼，立即就騰空了。寒風呼呼地吹過，不知是雲裡還是霧裡，他感覺有絲絨拂過他的臉龐。小銀飛得很平穩，只是氣溫越來越低了，宇暉更緊地抱住小銀。

他們飛了整整半天，當宇暉接近凍僵了的時候，他們才落穩在地上。宇暉睜開眼睛時，見自己已經在一間暖和的房間裡，面前是幾個外國人，正確的說，是俄羅斯人。

「謝謝，這是哪裡呀？」宇暉接過一位老人遞來的熱奶，邊喝邊問，而且用中文，因為他不會俄羅斯語。

「這裡是俄羅斯摩爾曼斯克州的一個小站，位於北冰洋巴倫支海邊上。」那位老人居然會說中文，看來中國的遊客來過的不少。

「是在北極圈裡嗎？」宇暉啟程前查過地圖，知道小銀

81

要帶他到北冰洋邊的捷裡別爾卡小鎮，符合他說的冰天雪地，並且足夠遠，在北緯70°以北。見老人點頭，宇暉急不可耐地要動身了。

「穿好保暖服！你不怕凍死呀，零下幾十度呢！」小銀大聲說。

小銀與那幾個人交流了幾句，它竟然會好幾國語言。不一會兒，他們就拿來了適合宇暉穿的防寒套裝。宇暉穿上了套裝，又套上防寒的靴子，這些是他在南方見都沒有見過的。怪不得小銀帶他來這兒，就是為了全副武裝啊。遊人們從這裡開車一路向北，在大雪中要開兩個多小時才能到捷裡別爾卡這個北極圈內的小鎮。當然，宇暉有小銀就不用這麼麻煩了，小銀眨眼間就能飛到那裡去。

果然，轉瞬之間，小銀帶宇暉飛越藍色的巴倫支海，進入了白色的北冰洋，到了捷裡別爾卡小島。落在冰上的時候，宇暉的心情立刻開朗起來，今天總算感覺有點北極之旅的意味了，那是一種在一望無際的冰原中所向披靡的感覺。

「你好，北冰洋！」小銀一點也不怕冷，它是雪花銀雕成的。

「你好！北冰洋！」宇暉也說。

放眼望去，視野裡都是白茫茫一片。遼闊的天空中白色

的雲團層層疊疊，在風中飛速向北面的地平線湧動。宇暉將眼光壓低，看着面前那些幾近透明的白色浮冰也快速流動着，仿佛被磁力吸引着撞向遠處的冰山，那些冰山則不動聲色地緩慢移動，顯示出晶瑩剔透的高雅風度。他覺得這有點像在飛機上看到的雲海，凝固的冰雪卻綿延無盡着起伏的壯美。

「震撼啊！我終於看到了茫茫冰原，來到大地的盡頭！」因北大西洋暖流的原因，氣溫並不是想像的那麼冷，宇暉歡呼着又蹦跳起來，他認定自己距離寶座應該又近了一步。

「小聲點，你驚動了它們。」小銀抗議了。

在這遙遠得像在另一個世界的冰雪中，小銀居然找到了朋友。那是一些海鷗吧，反正宇暉叫不出那鳥兒的名字，但就像海鷗一樣大小，在懸崖峭壁間出現，尖尖的黃色的嘴有點彎，灰白相間的顏色在其他黑白或純白的鳥裡面顯得異常乾淨、純潔，尤其頭部的色澤純淨潔白，十分高貴的樣子。而那些黑白相間的鳥兒反倒有點類似企鵝，容易被人們忽略。小銀與它們中間的一對正交頸親熱着，嘴裡嘀咕着什麼，像哼小曲一樣。

沒錯，在天堂裡也會有鳥兒的，比如鴿子，就是天空的

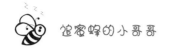

寵兒啊，寶座上的生命之主，一定也是喜歡鴿子的。只是，這裡的植物都不高，葉子幾乎落盡了，也沒有看見什麼花兒，實在太冷了呀，即使有，可能也只會是雪蓮吧。但宇暉立刻想起，雪蓮只生長在高海拔的地方。對這點，宇暉覺得有點遺憾。

「我帶你去看完美的景致！」一個嚮導模樣的人形出現，繫着寬大的黃褐色披風，他的聲音像極了蛙鳴，但有一種吸力。宇暉不假思索地跟上去，忘記了小銀。

「看，捷里別爾卡，這個世界陸地最北小鎮吸引着許多追尋極光的人們前來一探究竟，人們喜歡叫它世界的盡頭。」蛙鳴侃侃而談，在這裡，遊人們也許更欣賞這冬天的白夜裡粉紅的天、蔚藍的海、五顏六色的小木屋在柔和的光線下靜靜地享受着被世界忘記的幸福。儘管寒風瑟瑟，臉都凍木了，但眼前的良辰美景，不到北極的雪野是不能領略的。

宇暉癡迷地注視着，岸邊是白雪覆蓋、終年冰封的大地，港灣裡是深沉靜謐的冰海，太爽了。

「再看那裡，你會不想走的，」蛙鳴邊走邊指着另一處。

不期然地，眼前出現了一片金光，卻不是大家期待的北

極光。原來是天邊的霞光把天際與眼前的北冰洋都映成了金黃，而由於時間是極夜，太陽升不起來，一直保持在地平線以下，這金光就一直呈現着迷人的金黃。直到黃昏到來，天色才慢慢轉暗。宇暉再次感歎大自然背後那奇異的神力。

遠遠地，宇暉看見了幾位民宿的獵人開着雪地摩托在幫遊人運行李，雪地摩托在厚厚的積雪上留下一行行轍跡，但片刻就消失了。他跟着蛙鳴走向那裡，卻冷不防一腳踩空了，跌進一個雪坑裡！黃披風嚮導卻瞬間消失了！

當小銀終於聽見宇暉恐慌的大喊趕來，它卻夠不到雪坑裡宇暉的手。浮雪已蓋到了宇暉的膝蓋，憤怒和羞辱中他徒然掙扎。它連忙飛起，不長時間就找來了一位背着火槍的高個子獵人，他用繩子將疼得齜牙咧嘴的宇暉拉上來，又為他的傷腿敷了一種消炎止痛藥。神奇啊，竟然好多了。宇暉試了試，能站起來走了。獵人離開時囑咐說，要當心！由於在北冰洋邊上，這裡的積雪含水量很足，所以特別硬，就像厚厚的冰沙鋪滿大地，前面的人走過的雪路都不會留下腳印，而你一腳踩下去就會陷入膝蓋深的雪窩，這樣萬一路旁有陷阱就不易發現。

「好啦，當心就是了。哎，你看那摩托像不像聖誕老人的雪橇？」小銀見宇暉還在為失蹤的假嚮導和跌入陷阱懊

85

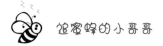

惱，連忙安慰他。

「對呀，聖誕老人的雪橇就是從北極出發的！」宇暉暫時忘了上當的插曲，緊盯着那幾輛雪地摩托，於是，聖誕老人的故事一個個出現在腦海裡，生動而清晰。他又覺得自己距離寶座越來越近了。不是嗎？寶座定然是在這樣聖潔無瑕的地方。哪怕有意外的干擾和阻攔。

「我們祈禱吧，宇暉。」

「祈禱什麼？」宇暉夢囈般地呢喃。

「祈禱我們能看見北極光啊，夜色夠暗，也沒有厚雲，時機千載難逢。」小銀合上了雙翅，也合上了眼睛。

「極光是什麼？」宇暉第一次聽說極光。

「我知道。」小銀睜開眼睛，很有興致地告訴宇暉，北極光，是出現於星球北極的高磁緯地區上空的一種絢麗多彩的發光現象，人們認為，是由來自地球磁層或太陽的高能帶電粒子流使高層大氣分子或原子激發（或電離）而產生。其實，真正的形成原因還是個謎。那絢爛多姿的極光，是世界各地的遊人們趨之若鶩的極致風景，帶着最多神秘的色彩，應該也是大自然最神奇的手筆。人們不惜花費重金去冰島去挪威去阿拉斯加看極光，就這樣還要碰運氣，不是每次都能見到的，而是一種「豔遇」，一種可遇而不可求的福氣。小

銀講得眉飛色舞，宇暉越聽越有興趣，心裡讚歎，小銀可真有學問啊！

天色的確暗下來了。小銀再次合上雙翅，合上雙眼。宇暉也合上了雙手，他還不會祈禱，於是他閉上眼睛開始許願，像那次與月馨在河邊放河燈許願一樣，像那次在媽媽的生日裡吹燭光許願一樣。

倏地，暗黑的夜空被劈開了一般，一大束柔和的綠光自天而降，飄飄嫋嫋，直落雪原，接着，一面墨綠閃光的幔子又緩緩下落，仿佛巨大的絲絨在空中停住，然後旋轉起來，撼人心旌。

「極光！」小銀和宇暉同時呼喊起來，他們遇到了極光大迸發！

更多的顏色，淺紫色、玫瑰色、海藍色、金黃色，更多的幔子，絲絨般閃光的幔子在空中旋轉着，是光的魔術，更是仙子的舞蹈。一群群仙子從九天踏雪而來，令宇暉忽然想起了李白的「清平調」：「雲想衣裳花想容，春風拂檻露華濃，若非群玉山頭見，會向瑤臺月下逢。」他的唐詩學得不錯，這意境居然非常吻合！天仙們甩着長長的水袖和彩帶，裙袂飄飄，變幻着隊形和圖案，好像有一個最美的領舞，被眾星捧月般簇擁着，時而圍成幾圈，時而彎成幾道長弧形，

時而呈放射狀，時而又如數不清的彩虹，淩空飄舞，高低起伏。飛雪的空中飄來美妙的音樂，一會兒氣勢恢弘，一會兒婉約柔和，持續了大約半個多小時。這才是他要的極致呢。

有一刻，宇暉好像看到極光中隱隱約約有什麼在閃閃發亮，是他嗎？宇暉仔細辨認着。在這樣光明的聖境裡，最可能出現生命之主的寶座啊。誰知再細看，又被無數彩帶遮掩了。天空漸漸暗了下來。

「聖誕樹！」身旁的小銀拉着宇暉的手説，他轉身一看，果真是一株落葉了的植物被當地人裝飾了許多燈光和小星星。他們在極光中徜徉，竟來到了北極圈裡的聖誕樹旁！

寶座雖然還是沒有出現，宇暉仍然覺得自己與寶座更近了。他相信，自己已經確認了寶座上的生命之主就是聖潔，就是光明。

「我們堆雪人吧。」他看着地上的積雪，對小銀説。

於是，宇暉和小銀一起捧起地上的雪，很快就堆成了一個雪人，下面大，上面小，圓圓的臉上摳出兩個眼窩，再插上一卷彩紙當鼻子。

「再見了，北極圈！再見了，聖誕樹！再見了，小雪人！」依依不捨，他們揮別了茫茫白雪，揮別了絢麗動人的北極光。

第九章
浮　沉

　　第二醫院的兒科住院部病房，靜白的空氣中彌漫着藥味兒。

　　宇暉的爸爸神情焦慮，望着病床上昏睡不醒的宇暉，難過地放下了手裡的湯碗。之前他餵了孩子兩口，孩子雖然勉強咽下去，但即刻就吐了出來，口服藥就更餵不下去了。他摸了摸孩子的額頭，依然很燙，根本沒有退燒的跡象，又抬眼看看輸液架上的藥液，還有半瓶，透明的液體正一滴一滴地流下來，流入孩子細細的脈管。

　　從北極回來，宇暉突然發病，不知是受了寒，還是長途飛行勞累，他終於頂不住了，高燒不退。爸爸立即帶他去醫院看病，醫生認真看了他的口腔咽部，讓他化驗血液，還開了咽部取液檢驗，確診為扁桃體化膿兼甲流、即甲型H1N1

流感，當時就收住院治療了。

孩子病中睡得很不安穩，時常會驚悸醒來，但實在乏力，馬上又沉睡過去。他爸爸小心地將他的手腕放端正，以便輸液的藥水順利流入他的體內。他再次將冰袋輪換着放在孩子的額頭上降溫，然後坐在旁邊的椅子上沉重地喘息。

其實，住院三天後扁桃體化膿就控制住了，嗓子已基本上消炎，但高燒39度以上的情況並沒有緩解。醫生囑咐他的家長，關鍵是需要及時服用奧司他韋進行治療，奧司他韋是治療甲流的特效藥，兒童服用的是顆粒劑。無奈，這種藥宇暉不耐受，吃進去就吐出來，即使加上蜜糖口感好些也不行，有幾次連勸帶哄已經喝下去了，不料一會兒就又嘔吐起來，直到將藥水吐盡為止。醫生卻說，這是特效藥，也是唯一有效的藥，還得少少的喂，試着試着喂，吐了再喂，總要讓他吃進去才行。

生病以來，孩子完全水米不進，吃了就吐。他姑姑為他變着花樣做飯，肉末菜葉粥，雞蛋羹，都是吃了幾口就吐，連牛奶、魚湯也吃不進。眼看着孩子越來越虛弱，臉色越來越萎黃，體溫持續39度甚至40度，令人心疼，只好照醫囑為他物理降溫。

接連七天，宇暉爸爸和他姑姑換班護理他，不敢告訴他媽媽虹影孩子病情的嚴重，怕患絕症的虹影承受不住。可是，他爸爸和姑姑也已疲憊不堪了，要兩邊跑，要照顧兩邊的病人，只是在

努力撐着，心理壓力也到了極限：孩子的生機在哪裡呢？

這會兒，宇暉爸爸坐立不安，他拿起護士給的酒精瓶，倒了一些酒精在棉球上，開始擦拭宇暉的腳心，一下，又一下……

昏睡中的宇暉似在霧海中飄着。一朵白雲也飄過來，是白衣護士來量體溫了，「還是39度5。」這句話宇暉聽見了。

暈沉沉，宇暉墜落下去。不知這高熱的山谷到底有多深？前面飄來一團迷彩服般的綠霾，近了，原來是那個很熟悉的魅影。接着，它發出一聲聲並不討厭的蛙鳴：

「宇暉，你別傻傻了，」鳴聲裡竟然帶着關切。

「我傻傻什麼？」

「別傻傻去尋找寶座了。那是假的！什麼生命之主？什麼掌管生命？假的，根本就不存在！」

「存在啊，我去尋找寶座中就一次次接近了他啊！」宇暉有些疑惑地回憶着。

「即使真的存在，他也不愛你！愛你為什麼讓你生病呢？還有，如果他真的掌管生命，為什麼讓你媽媽年輕輕的就患癌症晚期？為什麼讓你喜歡的月馨從小就患嚴重心臟病而治不好？說明他不愛也不能掌管！現在，連你自己都要死了，他在哪裡呢？」

「是啊，我怎麼沒有想過這些？」宇暉墜落着，真的懷

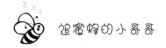

疑了。

「你媽媽和月馨必死！説不定，就是他安排的呢！」

「對呀，如果他真的掌管，為什麼任憑我媽媽和月馨病危？為什麼要我一次次遠行去尋找而他卻不現身，以至我此刻也瀕臨死境？説明他即使掌管也無情，他不愛我嘛，」宇暉開始抱怨甚至怨恨了，「我真的傻傻呀。」

「別傻傻了，清醒過來，放棄吧！」蛙聲得意地怪笑了一陣，倏然消失了。

「對，放棄了。如果還來得及。」宇暉沒有説完，就重重地跌到了谷底。他原以為放棄了會輕鬆的，可是奇怪，一股冷風襲入心間，從裡面捲走了一脈輕靈的熱流，他感覺整個人像被掏空了一樣，頭痛欲裂。「我要死了嗎？不，我不想死！即使在這死寂的谷底，我也想飛起來！飛出去！但是變成小鳥也不行，這裡太狹窄了。對，我需要變成蜜蜂，蜜蜂的翅膀是神奇的，可以直飛直降，不用跑道就升上去了！」然而，他喊不出聲來。

病房的門開了，值班醫生陪着兒科主任葉醫生走進來。宇暉爸爸立刻起身哀求地望着葉醫生，他知道葉醫生是這方面的專家，只是前幾天一直在休病假，聽説也是患了重病康復後出院的。剛才，他看了宇暉的病歷馬上就過來了。

「趕快輸血吧，小朋友總是這樣高燒不行，他很衰弱

了，拖成重症，出現併發症就危險了。」葉醫生的眼神嚴肅而又十分堅定。

「輸血？可孩子患的是甲流，何況我和他的血型不同，他媽媽又患重病。」宇暉爸爸的聲音有些發抖，他不懂輸血有什麼用處。

「有抗體的血液能挽救垂危的生命。曾感染過甲流的患者在痊癒後，血漿裡就會產生甲流抗體。抗體能夠有效抵抗患者體內的甲流病毒，從而達到治療的目的。情況危急，馬上安排。」葉醫生斬釘截鐵。

「含有甲流抗體的血液到哪兒去找？」宇暉爸爸這下看見了希望，但卻憂慮這麼珍貴的血液難找啊。

「我就是甲流康復者，而且是O型血，與小朋友的血型相同。就輸我的，我的血液中有甲流抗體。」葉醫生挽起了衣袖，示意醫護人員開始準備。

采血室裡，采血器械很快就準備妥當了。葉醫生坐在一張病床上，衣袖挽得高高的，「要快！」他說。護士為他消毒手臂：碘酊消毒、酒精脫碘。然後，采血針進入靜脈，葉醫生間斷地做鬆、握拳動作，很順利，不過六分鐘采血就完成了。葉醫生邊壓迫止血，邊囑咐醫護將一袋獻出的血漿掛上宇暉的輸液架。

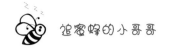

看見血漿，宇暉爸爸的眼睛亮了，他看見葉醫生並沒有休息，而是立刻丟掉手裡的棉簽，也一同來到了孩子的病床前。

血，鮮紅的寶石般的血液，緩緩流下，緩緩流入宇暉手臂上的靜脈裡，流入宇暉垂危的生命裡，流入他粗重的氣息裡，一滴，又一滴。

宇暉爸爸熱淚湧流，不知該怎麼感謝品德高尚的葉醫生。葉醫生卻囑咐醫護們：「注意監測。」然後，轉臉望着宇暉的面色和呼吸，全神貫注。

一滴，又一滴。昏睡的夢中，宇暉緩緩睜開了靈裡的眼睛。明明在死亡的谷底，他卻看見，有鮮紅的寶石般的血液從雲霞裡流出來，一滴，又一滴，淙淙流入自己枯乾的脈管，流入自己被掏空的心房。谷中，絕望的霧霾在一點點散去，忽然，寶石一般，一隻金色的蜜蜂飛來了，接着，又是一隻，許多許多隻蜜蜂扇動着金亮的翅膀，它們托起自己沉重的軀體。不需要飛行的跑道，直升直降，啊，真的升起來了！

真是峰迴路轉，當天夜裡，宇暉退燒了！

宇暉努力睜開沉重的眼皮，只睜開一條線，他便看見了驚喜的爸爸，看見了許多飄逸的白雲，那些醫生和護士。其中，有一雙深摯而熱切的眼睛，好亮好亮，仿佛在哪裡見過？正是葉醫生，他一直守在這裡，關注着宇暉的病情。

宇暉又合上眼睛，他實在太疲憊了。但他沒有看見蜜蜂，不知它們哪裡去了？但即使合上眼睛，他也知道自己已經在崖上。遠遠地，竟又看見了月馨，她捧着一大把藍紫色的薰衣草向他跑來，長長的碎花裙子一飄，一飄。像在慢鏡頭裡，總也不能靠近。

「蛙魅不是說月馨和媽媽必死嗎？它撒謊！我上當了，沒準兒就是它將我推下了懸崖，對，那死亡谷很像一隻巨大的蛤蟆。」宇暉想。

「孩子，是他，是葉醫生的血救了你！」當他再次睜開眼睛，已經是第二天中午了。他爸爸指着身旁，那位眼神堅定的醫生。

「我所做的，你如今不知道，後來必明白。」（約13:7）這是他的聲音嗎？這麼熟悉，又這麼神秘。

宇暉轉過頭，這回，他看見了那張笑臉，臉上有一雙深摯而熱切的眼睛。一朵朵白雲在他身邊飄來飄去，那位醫生卻憐愛地望着宇暉，直望進他的靈魂裡面。

警報解除，宇暉穩定地退燒了，可以吃東西了。他的心深深地震撼了，反復地想，是葉醫生救了我！這是愛到流血的愛啊！而那雙雲朵中的眼睛好似見過的，對了，就是在神性的小樹林裡，隔着綠枝低垂的簾幕……

我的心哪，你為何憂悶？

為何在我裡面煩躁？

應當仰望神，因他笑臉幫助我，我還要稱讚他。

（詩篇 42:5）

第十章
數學中的和諧之美

　　地鐵站裡，宇暉轉上了4號線去崗新方向的地鐵，好容易找到座位坐好後放下海藍色的背包，眼睛避開那一開一合的金屬門，望着窗外飛速掠過的寬敞月臺，有點打不起精神來。他是去欣欣奧數機構上課的，但這段時間不爽的事情太多了，他不由深深地歎了一口氣。

　　每到一站，車門都照舊一開一合吞吐着人流，宇暉真有點害怕，怕吞噬了外婆的那扇門再次張開血口，不能啊不能！宇暉心裡喊着。

　　隧道裡乳白色的燈光閃過，玻璃窗框裡現出了媽媽憔悴的臉，她一直在吃靶向藥，與病魔搏鬥着，但病情毫無進展，反而被諸多藥物副作用所困擾，有白細胞降低，還有低

熱、腹瀉、食欲減退等惡病表現。醫生說，不排除有肺或骨骼轉移，嚴重時就去ICU進行強化救治。但媽媽只要體溫降下來，好受一些，就堅持出院，並盯着宇暉的一舉一動。因為上次他和小銀去北極沒有和家裡打招呼，直到第二天周日晚上才回來，緊接着就重病了九天。媽媽很擔心。自然，她是看不見小銀的，而宇暉也不能解釋太多。

「這幾個週末必須去上奧數課，而且要完成作業！上次佈置的最後那道難題請岳老師幫你看看前兩步做得對不對？後面該怎麼解？記住！」媽媽下了死命令。她一直對宇暉的功課盯得很緊，即使在病重時也這樣。

「好噠好噠，我記下了。」宇暉順從地說。儘管他有心事，今天他還是按時出發去上課了。

一盞盞燈光如時光飛逝，玻璃窗框裡現出了月馨瘦弱的臉，她依然十分清麗，但卻更加蒼白了。那天晚上，宇暉在睡夢裡聽見一聲聲壓抑的哭泣，他驚醒過來，居然看見小銀離開了梳子，伏在地上嚶嚶地哭着，不停地擦着眼淚。

「怎麼了？小銀，你不舒服了嗎？」宇暉起身撫摸着它在夜裡也發出銀光的羽毛。

「不是我，是月馨！」小銀抬起頭。

「月馨怎麼啦？」宇暉一驚。

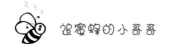

「她住院了，病得很重。醫生準備為她做手術。」小銀能感知月馨的生命情況，它為她非常憂愁。

宇暉低下了頭，他從曉泉那裡也知道一點月馨的情況，她近來已經不能畫畫了，曉泉出去種花都是用的原始的方法。宇暉心裡很急，但幾次尋找寶座無果，沒有生命之主的拯救，人世間沒有什麼力量可以幫助她們。

「我們找機會見縫插針，出去尋找寶座吧。雖然前幾次沒有找到，可我覺得，每次自己都更加接近寶座了。我們一定能找到。」宇暉安慰小銀，確實，尋找過程中他越來越感覺寶座真的存在，存在就能找到呀。他已重建了信念，相信寶座並願意去尋找。

金色的童年如燈光飛逝，玻璃窗框裡出現了宇暉自己的形象，臉龐還是那樣輪廓分明，眼神還是那樣透出執著的英氣。但是，半年來他的個子一點也沒有長高，身體還發福了，雖說胖得較為勻稱，可班級裡其他同年齡的孩子們都在抽條竄個子，短短時間，他們都已經高過他半頭多了，女孩子們更是邪門，一個個出挑得高過他一個頭了。他很着急，本來，這個年齡段也正是抽條拔節的黃金時刻。

運動場上再也看不見宇暉矯健的身影，儘管他行動仍然很靈活，可他聽不得其他孩子的誘惑：

「走，打籃球去呀！」

「宇暉，該鍛鍊身體，別走不動了哈！」

每到這時，宇暉就像掉進了迷彩服怪人的陷阱，像聽見了它怪怪的嘲笑聲。宇暉就會委屈得偷偷哭出來：什麼時候才能找到寶座啊，我需要長高高！

直到到達了終點站，宇暉此行的目的地，他才猛醒過來，趕緊隨着人流出了地鐵。外面很明亮，沿着行道樹的綠蔭再往前走五十米右拐就是欣欣奧數培訓學校。

「同學們好！」岳老師進了教室，他看見宇暉時眼光停留了一瞬。

岳老師在那兩次將宇暉的「拯救蜜蜂行動」呼籲上傳到網路後，就沒有再更新。他知道，宇暉的電子郵箱裡已經有足夠多的回應，「拯救蜜蜂行動」正在進行當中。他也知道，近來，拯救行動遇見了很大的攔阻，許多城市的少年宮裡參加此行動的孩子們發來了資訊，和宇暉一樣，他們的撒種植花剛剛初見成效就遭到摧殘，一些城市（南北都有）紛紛搞統籌管理，鏟掉了一些花圃，而且城市郊區也在擴大建設圈地，使得初步長成的不少花田花海被毀。岳老師也知道宇暉媽媽病重了。他無力做更多的事情，他只想轉移宇暉的注意力，讓數學這門學科的內涵和魅力自己來安慰宇暉。

「同學們，我們講新課之前，先花一點時間講講數學的重要性和數學之美。」岳老師說着在黑板上寫下了一個數學公式。

同學們都有點驚訝，在考試臨近、比賽頻繁、時間這麼緊迫的情況下，岳老師竟然有心情插上一段題外話。但隨着岳老師的講述，大家都安靜下來了。

「大家看看，這一個公式是什麼？」岳老師問道。

宇暉舉手了，岳老師請他回答，他站起來，似乎不太肯定地說：「這好像是愛因斯坦的質能公式。您去年講過的。」

「答的對！但以後不要用好像這個詞。好嗎？請坐。」岳老師指着黑板上的那個公式：E等於M乘以C的平方。「這個公式發表於1905年，是劃時代的！但今天我們不講這個公式的推導和轉換等問題，甚至也不講它的意義。我們只講它對我們的啟示。」岳老師侃侃而談，仿佛進入了另一個時空，穿越在狹義相對論和廣義相對論之間。

「愛因斯坦用一個質能公式解釋了宇宙。也就是說，宇宙萬有可以用數學來解釋，茫茫環宇浩大星河可以用數學來講說，花朵森林風霜雨雪可以用數學來演算，大自然的可見現象可以用方程函數幾何來表達。為什麼呢？因為花草萬物

的生長、昆蟲候鳥的活動、天象日月的變化運行背後，有一種美的秩序和規律。仰觀宏觀世界俯瞰微觀世界，我們都能看見黃金分割率，看見無限大和無限小，看見代數函數微積分，看見平面幾何立體幾何解析幾何，牛頓就是從天體力學和運動學的研究中得到啟發創立了微積分的⋯⋯那麼，為什麼是這樣呢？」岳老師加重了設問的語氣。現在他要進入一個更重要更實質的問題，進入問題的核心。

「西方最早在柏拉圖時代，人們就認為，看得見摸得着的東西並不是最重要的，它背後有一個抽象的能夠用數學、用邏輯、用語言精確表達的規律，那才是萬物的根本。把握了萬物的規律，就把握了萬物。柏拉圖鼓勵他的學生去尋找萬物背後的邏輯、數學、幾何學，從這些抽象的理念概念裡探索萬物的和諧秩序、規律和美。因為那和諧與美的背後有一種絕對精神！」這時，岳老師停頓了下來。

「背後的背後？奇妙啊，真的有點玄！」宇暉和同學們思考着，有人甚至被繞暈了。但宇暉漸漸被喚醒，他想，看得見的背後是看不見，那麼，「神秘的寶座」是看得見的，還是看不見的呢？或者，有時能看見，有時看不見嗎？

「德國天文學家克卜勒說過，他有證據相信，起初上天在創造天地的時候曾運用了『幾何學』！」岳老師接着說

道。

　　但這時，宇暉已經陷入了沉思。他的爸媽都希望他考上好大學，爸爸曾給他灌輸大學的理念。所以他知道，西方最早的大學致力於去研究事物背後的邏輯和原理，朝着有序化、理性化的方向發展。科學家精英們從一開始就相信，萬有背後有一種超越任何個人意志，超越物質外表的一種道理、一種規則、一種規律、一種秩序，它雖然抽象，卻嚴格遵守邏輯、數學與實證的規則。這就是希臘理性思維，這就是柏拉圖留下來的精神，這就是現代大學的精神。這一切的背後有着更高的存在，即：絕對精神。宇暉理解不了這麼艱深高妙的道理，但他潛移默化地從學習音樂中，從親近大自然中，從花朵植物的生長排列及與蜜蜂的互動中感知到和諧的美，從超然的和諧之美中他覺得自己在接近那遙不可及的外婆告訴他的「寶座」。

　　宇暉想起教他學習鋼琴的林老師告訴過他們：「除非你所學的能讓你很快樂，能讓每一個行動最後都帶來歡唱，譜成樂曲，幫助你能捕捉到新生命裡的和諧美好，否則不要學。」她還說：「你們會讀到『天體音樂』，就像音程有它的距離和比例，行星在運行的時候之間的對位，也呈現這樣的數學比例，好像無聲的音樂，在向宇宙發出讚美。」當時

宇暉要求她再講詳細點。

　　林老師就說：「科學家克卜勒有一個不同于常人的信念，就是他相信上天所造的整個宇宙是和諧的。這個『和諧』不但在音樂裡，也在天文學、幾何學裡。克卜勒有一個重要的發現，就是曲調中出現的所有和諧，都可以在天上找到。他說，音樂或音樂的調式，分別以某種方式，表現於每顆行星。我們曉得音樂裡面有和聲、對位。克卜勒說，行星之間的對位元，運行速度，使得四種聲部，也就是女高音、男高音、女低音、男低音，都能表現出來。他舉例說，木星、土星具有男低音的性質，火星有男高音的性質，地球和金星具有女低音的性質，而水星有女高音的性質。如果你研究音樂就知道，音程有它的距離和比例，這種距離和比例是和諧的，星與星之間也是。行星的近日點，遠日點運動甚至是可以譜寫在五線譜上的。這樣，天體、數學與音樂就連接起來了。但願天地間不是只有星辰，以和諧的音程比例在讚美，更是從人們的內心深處發出這樣的讚美。」

　　「也是克卜勒！」宇暉心裡驚呼，「那麼音樂與數學真的有關係。」

　　林老師說着還給學生們演奏了一曲圓周率 π 的鋼琴曲，宇暉也學會了，他不但覺得這支曲子旋律很美妙，而且與數

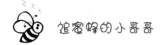

學幾何相聯繫，簡直太有趣了。

隱隱約約，窗外傳來一曲樂音，肯定是名曲，對，宇暉現在就聽到了星空的音樂，有男低音、男高音、女低音、女高音，悠遠縹緲而又充滿激情，是星星演唱的讚美的歌劇，小鳥兒如音符飛翔其間，穿梭往返，是真正的天籟之音……

「注意啦，現在我們開始正式講今天的新課：整數問題綜合及整數分拆。是接着上次講的。」岳老師迅速拉回了大家的思維。

等到學完下課後，宇暉的心情已經好多了，愛思考的他總是能在學習中忘了所有的煩惱。

「岳老師！請等一下好嗎？」宇暉喊住岳老師，「我媽讓我請教您上次作業裡的那道難題。」宇暉拿出作業薄。

「哦，不是每道題都要求做出來的。好的，我們來看看吧。」岳老師坐了下來。果然是那道難題。其他孩子也多數都沒有做。

「你這前兩步解得還是對的，至於後面……」岳老師停了一會兒，「其實還是和今天講的和諧有關。先給你講個小故事吧。」

岳老師想了想，就講了那個「琴弦之比」的故事。即：著名數學家畢達哥拉斯通過單弦琴研究出了和諧音的規律。

他發現，兩音是否和諧悅耳與琴兩側弦長的簡單整數比有關。換句話說，最動聽的和諧音和音符的組合由那些弦長為簡單整數比的聲音組成。從此，「音樂」與「數學」這似乎毫無關聯的兩門學科聯繫起來了。畢達哥拉斯甚至堅定了一個信念：「所有的事物都可以用整數或整數的比來解釋。」例如，他相信行星的運動可以歸結為數的關係，運動得快的物體會比運動得慢的物體發出更高的聲音，行星運動時也會這樣。與地球距離不同的行星發出的不同聲音能形成和諧之音，且藏有整數比。

「等等，我好像有點懂了。音樂裡有數學，而數學也會唱歌，我感覺，植物和花朵也是會唱歌的，裡面也有數學。」宇暉能彈琴會識五線譜，他就在播種花田時觀察到、聆聽到一種無聲的歌曲，也是用着音程、音調、和聲、對位、旋律，分別以各種方式表現于排列於各種花卉和枝葉的形狀上、色澤上、姿態上、間距以及它們與陽光季風蝴蝶蜜蜂的互動上。他曾從中欣賞到自己彈過的一些練習曲、奏鳴曲、小夜曲，真的奇妙而和諧。

宇暉漸漸進入無邊的花田裡，沉浸在蜜蜂嗡嗡的歌唱裡，沉浸在鋼琴曲動人的旋律裡，沉浸在數學整數比的和諧之美裡。忽然間，雲隙散開一條縫，透出藍藍的亮光，正照

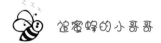

在那道題未解完的步驟間，迸出幾顆靈感的火花，宇暉的手握着筆，在作業薄上快速移動着，下一步出來了，再下一步。

「完成了！」岳老師看着答案，贊許道。他看見了宇暉的數學能力和實力在穩步提升，他更看見了宇暉的思維格局在更新擴大。

宇暉也鬆了一口氣，他興奮地想，那「神秘的寶座」是否也在那個最和諧最美的地方呢？

第十一章
海上日落的洗禮

　　當小銀馱着宇暉落穩在南海的一個小島邊上，正是黎明時分。宇暉睜開眼睛，天剛濛濛亮，沙灘上只有兩三個起早漁民的身影，再前面就是無盡的起伏的大海，顏色還有點灰暗。

　　按照小銀的建議，他們今天後半夜就起身了，現在剛好可以看見日出，那光明出現的景象。當然，選擇大海這目的地是宇暉為了滿足月馨的請求。

　　「來呀，宇暉，我們到面東的那片沙灘去。」小銀呼喚着，它是有方向感的。

　　「好，要快些呢，太陽就要升起來了！」宇暉連忙趕上。

　　一切都剛剛好。身邊是婆娑的椰子樹林，細沙的海灘邊上，宇暉和小銀面向東方漸漸泛藍起來的大海，屏住了呼吸。

這一刻，旭日突破了雲霾，原本海天一色的湛藍中，露出一彎月牙般的鮮紅；這一刻，久已期待的孩子從母親腹中誕出，聖嬰紅潤的光環穿透了暗夜；這一刻，種子拱出了凍土，彩虹耀亮了雨霧，生命之道照亮了原本混沌的世界。

那寶座……那寶座就要出現了嗎？宇暉的心砰砰地跳着。避開一扇椰子樹的綠枝，他一眼不眨地望着前面。

鮮紅在升起，半圓，大半圓，然後輕輕一躍，懸起在東方的海平面上。鮮紅的盛開成為光源，那光是真光，照亮環宇中的一切：生命、婚宴、時空、靈境……芬芳的光焰無聲地燃燒着，越來越擴大，越來越熾烈。

鮮紅在燃燒着。這一刻，仿佛漫長的追問有了答案，痛苦的掙扎破繭而出，多少個世紀的迷霧終於消散；這一刻，仿佛風風雨雨，驚濤駭浪，一起聽從了那原初之道的吩咐：「要有光！」於是，萬頃碧波上跳動着點點聖火，呼應着漫天雲霞的噴薄。

鮮紅在燃燒着。仿佛，所有的門都砰然推開，蘇醒的漁人紛紛湧出，跑了過來。等等，最前面的那個小女孩是誰？多麼像月馨啊，她披着長長的豔紅色紗巾。仿佛，有一隻手牽起了她的雙臂，輕盈地，她旋轉，豔紅色的紗巾隨之飄舞起來，整個大海都隨之飄舞起來，染紅起來。幼小的精靈純

真無瑕，清亮的眼瞳裡燃亮着信心。

宇暉問了前來的那些人，才知道今天是小女孩的生日，家人和親友要在海灘為她慶祝生日。她忽然有些害羞，跑回到親人的身旁，緊緊依偎着媽媽的懷抱。看上去，她比月馨年齡還要小。

鮮紅在照耀着。還怕什麼呢？夜晚再長，天穹再黑，此時，太陽已經照常升起，越來越高。雖然，前面的路程還很長很遠，雲上也還在醞釀着又一次颶風和狂浪。但這一刻，太陽如同新郎出洞房，又如勇士歡然奔路，沒有什麼能夠阻擋！

眼前，明亮的海波不斷變幻着色澤，浩渺接天的蔚藍終於成了主色調。但，僅此而已。宇暉有些迷茫和失望，寶座，還是沒有出現！那好像光明之神的朝日，僅僅是新郎，是勇士，卻不是生命之主本身，不是源頭。至於河燈，連影子也沒有。當然，宇暉還是提振了自己的信心，連那個嬌弱的小女孩都信心滿滿，他自然也更接近了寶座。

生日集會結束後，宇暉向島民們道別了。他要讓小銀帶他去更加寬闊無垠的海面。「沒問題！」小銀張開銀亮的翅膀，只一刻鐘左右，就帶他到了一艘巨大郵輪的甲板上。這艘郵輪是從越南返航回中國上海的，此時，正在南海中往東北方向行駛。小銀很有把握，它知道在哪方海域看夕陽最愜意。

　　整整一個下午，宇暉和小銀看遍了郵輪的兩則和旋梯樓上的郵輪前方，靠近駕駛艙的上面。他們感受了許久船頭破浪乘風，一往無前的爽勁。最後，他們下來，停留在甲板的尾部。陽光燦爛，可海風依然很強，吹起了宇暉的短髮和襯衣的下擺。

　　啊，蔚藍色，海風吹拂着起伏的蔚藍色，波濤翻湧着夾有雪白浪花的蔚藍色，抬頭望天，還是蔚藍色，一望無際的蔚藍色，浩渺深湛的蔚藍色，只是增添了耀眼的金黃色。是午後璀璨的太陽，射出萬道閃閃的華光？是無數碩大的葵花，散發着漫天金黃的芬芳？幾朵白雲，悠悠飄拂。宇暉想起了月馨為他畫的那幅畫像，在向日葵花田裡的宇暉，那麼神氣。他很珍惜，將它和那幅月馨畫的薰衣草花田的畫收藏在一起。月馨説他像向日葵，今天，他真的來追太陽了。

　　河燈啊，你在哪裡？寶座啊，你在哪裡？

　　月馨的臉龐疊印在寶石藍的海面上，對着他微微一笑。宇暉心裡又升起了那種憐惜和疼痛的感覺。

　　這次月馨發病住院很倉促，病魔襲擊得很突然，以至爸媽送她到醫院就進了急救室裡搶救。待病情平穩了一些，才轉到省城兒童醫院。兒童醫院很快就安排了手術，是由最好的專家來做的，然而效果還是不理想。醫生説，可能拖不過

半年，隨時會有危險。

宇暉和小銀去看她那天，月馨剛剛能起床，媽媽特意為她洗頭，又梳了頭髮。月馨的頭髮又多又黑又長，差點兒齊腰，平時是披在腦後的。這天媽媽為了讓她看起來精神，就給她梳了兩條烏黑的小辮子，小辮子尾部彎摺過來，在耳朵上邊紮了橡皮筋固定住，成環狀，一側又插了一支藍紫色的薰衣草花。月馨照了照鏡子，很滿意。

宇暉很內疚，總覺得同意月馨畫畫擴張花海的事累壞了她，可月馨不這麼看。

「我在畫畫的時候，是我最開心快樂的時候，開心快樂就是對身體好的。再說，我喜歡花兒，喜歡的事就是有益健康的。你放心，我沒事，」月馨晃着頭，做出不介意的樣子。

可宇暉真的看出月馨消瘦了，虛弱了，說話都有些氣喘吁吁。「反正以後不准你畫了，要聽話哈！」宇暉認真了。

「好噠好噠。對了，你尋找寶座的事怎麼樣了？」聰明的月馨岔開了話題。其實，她已經從媽媽的電子郵件裡知道了情況。

「我反正是要找到底的。我有把握，真的有寶座，我也在接近着它。」宇暉右手在胸前有力地一握。

「你知道嗎？我在手術後未醒來時見了異象，也可能是夢境，但我醒來依然記得很清楚。真有點奇怪。」月馨在昏迷中，或者說是在沉睡狀態裡，隱隱約約看見兩隻河燈。一只是她自己的，模模糊糊飄得很高，有些傾斜；另一只是她和宇暉一起在河邊放的，為了「拯救蜜蜂行動」，後來又加上為了尋找寶座，救他的媽媽，救月馨，救數量種群仍然在下降的蜜蜂。這只河燈好像在雲中霧裡，那一點紅燭的燭光流星般划過，時隱時現。月馨說着說着就唱起了那首歌：

「飄吧，我的河燈，我的紅燭！飄吧，一彎清月漸漸移上了中天，路途雖遠，前面的航向或許清晰起來。我的君王不會等待太久了。

「我卻不知道，不知道多少次穿過險灘幽谷，驕傲膨脹的火燒壞了紙杯。他心痛不已，出手校正我的悖逆，將已窒息的紅燭救出煎熬的煉火，重又回到穹蒼之上。卻不能，不能讓我的病態聽見……」

宇暉見她有點氣喘，接不上氣來的樣子，就制止了她。她卻對宇暉說：「你們應當去大海呀，我們的河燈，最終的目的地不就是大海嗎？那裡更接近寶座。我今生不能去大海了，你們替我去看看吧。」

此時，「飄吧，我的河燈」那熟悉的旋律又響了起來，

月馨純美的嗓音有些低沉，但很婉轉，很執拗，韻味悠長。宇暉不能全懂，她爸爸的這首詩歌說的是什麼？似乎與寶座有關呢。

「宇暉小朋友，快看，夕陽要落下了！」小銀拉拉宇暉的衣角。它有把握，郵輪是往東偏北方向行駛，那它和宇暉在郵輪尾部的甲板上就是最佳觀賞位置。

宇暉猛醒，馬上抬起頭，啊，他看見了什麼？

夕陽西斜，無形的造物之手輕輕拉開帷簾，最美海上落日便上演了。他將西邊海平線處團團簇簇的雲絮鑲上金邊，染成橘紅，他讓陣陣海風吹拂，錦緞般的彩霞便散開了，恍如一群鳳凰扇動金翼，簇擁着一輪緩緩下沉的夕照。那是一顆金紅的聖心嗎？萬道金光，洞穿雲霞映紅海水。生命之主啊，是你嗎？是你將榮耀彰顯於天了嗎？

郵輪的甲板上歡聲雷動，各種色彩的綢巾高高揚起，各種樂器的奏鳴如銀瓶乍破，大珠小珠，叮叮噹當。鷗鳥翩翩，紅彤彤的海浪一波推着一波，皆為落日輝煌，王者歸來。

是你嗎？金紅的聖心啊，越是下沉，越是絢美，越是下沉，越是親近。多少次祈禱許願，多少回默默流淚，長久的尋找沒有落空，你應允了虔誠的祈求嗎？遊客伸出手臂，宇

115

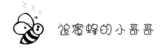

暉伸出手臂，然而，等等！

海風拉開又一道帷幕……

什麼樣的神箭，射落了夕陽？緩緩地，緩緩地，夕陽西沉，像刺破了自身，晚霞映紅了整個天際，映紅了無垠的海波。洶湧的海潮，一浪接着一浪，撞向移動的郵輪，撞向心中的琴鍵，激起悲壯淒婉的迴響。

什麼樣的大愛，燃燒在西邊天幕？緩緩地，緩緩地，接近海面的落日被這個世界棄絕，萬有之主被刺，被紮，道成的肉身在隕落着！撕裂着！面對一片喧囂，他頭戴荊棘冠冕，靜默着，不回答、不解釋、不分辨、不抗拒、不掙扎。

是你嗎？替罪的你張開雙臂，殷紅的血液流着，流着，如熾熱紅霞，耀亮了黑暗的墓地，耀亮了遙遠的海平線。終於，西天的幔子從上到下裂為兩半，海鷗變成一隊隊天使……

宇暉眨了眨眼睛。對面，是半天絢爛的雲霞，腳前，是一海血紅的潮水。此時的夕陽像銀河深處的眼睛，留戀地凝望着人們，越來越沉入海平線了。萬千海螺在水草間吹響，送別的挽歌聲聲，小船落下了白帆，棕樹椰子樹降下了半旗。

當一群海鷗簇擁着夕陽沉落了，黯淡了，宇暉和小銀依

然擦不乾難捨的淚水。宇暉的耳旁忽然又響起了「飄吧，我的河燈」那首歌，「我卻不知道，不知道多少次穿過險灘幽谷，驕傲膨脹的火燒壞了紙杯。他心痛不已，出手校正我的悖逆，將已窒息的紅燭救出煎熬的煉火，重又回到穹蒼之上。卻不能，不能讓我的病態聽見……」這幾句重重地敲擊着他的耳膜，使他突然明白了許多事情，許多他不知道的事情。他想起了許多自己犯下的錯誤，他忍不住低語着懺悔：

「主啊，在你的瑩澈面前，我看見了自己的污穢，在你的浩大面前，我意識到自己的卑微。我小如一朵浪花，卻不潔淨，我低賤如一粒灰塵，卻不輕盈。但，即使小如水珠，小如零，小如不存在，我仍看見自己的罪。我只好俯伏在你的腳前，俯伏在無限大的永恆之主腳前，懺悔，流淚！」

宇暉羞愧地俯伏，閉着眼睛，一一承認自己的過犯：

……「沒錯，那時你就是小司令了！」岳老師和宇暉高興地對拍了一下右手。說到小司令時，宇暉心中暗暗得意，甚至想跳起來。可隨即隱隱感到右腳被什麼咬了一下，一個奇怪的影子在腳邊一閃。宇暉的初心雖然純潔，但之後，一個「小司令」的稱號就贏了他，打倒了他，他太高興了，裡面已有了膨脹的私欲。

……「不長高，倒要長胖？」他的聲音顫抖了。這就是

說，他需要放下自己，打破偶像，捨棄自己擁有的驕傲。可他很愛惜自己的形象，他知道自己是很帥的。可是，沒有了身高，還長胖，就不帥了。還有，他喜歡踢足球，打籃球，他不想長胖，於是痛哭了起來。同時，那個穿迷彩服的矮胖子又出現了，對他做着怪相。為了自己驕傲的顏值，他差點輸給迷彩服怪人，差點不願意出發尋找寶座。

……宇暉失敗了。他迷失在財富的繁華，美豔的喧囂中，而寶座不在這些地方，不在物質裡虛榮裡，不在聚光燈下的驕傲裡，不在人潮擁擠的鬧市裡。宇暉在大都市裡找，千尋萬尋，過盡千帆皆不是。

山頂草坪，他將一個最大的老鷹風箏放得又高又遠，他不停地忙着放線或收線，他是放的最成功的一位啊。結果，他完全忘乎所以了，忘記了自己真正的來意，以至爸爸不得不叫停他，責怪他的悖逆。

……「我帶你去看完美的景致！」一個嚮導模樣的人形出現，繫着寬大的黃褐色披風，他的聲音像極了蛙鳴，但有一種吸力。宇暉跟着蛙鳴走向前去，卻冷不防一腳踩空了，跌進一個雪坑裡！為了看那些次好的美景，宇暉中了黃披風的圈套，差點錯過最美的極光。

……暈沉沉，宇暉墜落下去。不知這高熱的山谷到底有

多深？前面飄來一團迷彩服般的綠霾，它發出一聲聲並不討厭的蛙鳴：「別傻傻去尋找寶座了。那是假的！」

「對呀，他即使掌管也無情，他不愛我嘛，」宇暉開始抱怨甚至怨恨寶座了，「我真的傻傻呀。對，放棄了。」宇暉重重地跌到了谷底。他被蛙鳴魅惑，從懷疑到抱怨到怨恨，決定放棄尋找。他跌倒了，背叛了他要尋找的救主⋯⋯

一束強光射來，宇暉看見自己的罪汙投影在地上，無處遁形！他痛哭了：「我錯了，夕陽是為了我的錯而隕落，而犧牲的！怎麼辦？」

「宇暉，你認錯了就好。不要太難過了，太陽明天還會從東方升起來的。」小銀柔聲安慰他。

宇暉擦乾淚水，發現月亮已經照在海面，透過月亮的圓窗，真的能看見復活的黎明。月馨是對的，大海日落是宇宙間最美的詩意！

月光如水瀉下，洗滌着宇暉的心。儘管寶座沒有出現，但那位生命之主顯然深深愛着我們，他是救贖！雖然還有一種阻隔存在，不確定是什麼。但他感覺，自己從來沒有這樣貼近寶座。

大幕垂落，空氣中滿了玫瑰的馨香。

第十二章
我欲乘風歸去

剛剛到三月，這個南方大都市已經飄灑杏花雨，吹拂楊柳風，暖意襲人了。

宇暉穿了一件黃色短袖T恤，坐在家裡的寫字臺前，面前翻開的是一本語文拓展閱讀書籍。他暫時出不去遠門了，上次去南海耽擱了整整一天，爸爸非常惱火。現在宇暉上六年級，馬上就要小學升中學，十分關鍵，時間很緊迫了。但宇暉心裡更急的是，媽媽的病和月馨的病都等不起，需要快！快些找到寶座，拯救她們，拯救蜜蜂！

桌上的拓展閱讀書籍翻開的那面，正好是宋詞裡蘇軾的名篇：《水調歌頭》（明月幾時有）。現在學校教育強調古典文學素養，不但拓展閱讀書，連課本裡也有一些古詩。而

宇暉天生就喜歡古詩詞，已經背得兩百多首唐詩和一些宋
詞，蘇軾就是他非常崇拜的一位詩詞大家。宇暉不但能背這
首《水調歌頭》（明月幾時有），還能背蘇軾的另一首絕唱
《念奴嬌》（赤壁懷古），他聽爸爸說過，蘇軾的這兩首詞
和辛棄疾、李清照、岳飛等人的代表作並稱為宋詞裡的巔峰
之作。所以宇暉下功夫將這兩首詞都背誦下來，記住了。

　　眼前，宇暉強迫自己靜下來，再進入《水調歌頭》（明
月幾時有）的情境裡去。他念着早已熟悉了的句子：「明月
幾時有，把酒問青天。不知天上宮闕，今夕是何年？我欲乘
風歸去，」他停了一會兒，又重複了一遍，「我欲乘風歸
去……」是呀，我可以乘小銀去找找這些大文豪，找找蘇
軾，也找找唐詩裡的大詩人們，求教應當到哪裡去尋找寶座
嘛。這樣，不離開自己的房間，爸媽也不會知道了。他這樣
想着，就拿起銀梳子來。

　　「沒問題！小事！穿越是一種縱向的歸路，對我的翅膀
很適合。」

　　小銀本來就很有學問，它當然知道該怎麼做。於是它馱
上宇暉，扇動着翅膀，並用長長的尾翼平衡自己。一眨眼，
宇暉已經穿越時間隧道，來到了九百多年前宋代的中秋夜
裡。

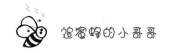

「哇，好圓的月亮啊，亮得像白晝一樣，」宇暉讚歎着深湛的夜空裡，那如白玉盤似的明月。

「明月幾時有，把酒問青天。」歡飲大醉的蘇軾正擎着玉製的酒杯，望着天空作詞。他忽然發現了身穿黃色短袖T恤的宇暉，這種裝束不合節令也不合宋代的習慣呀。

「蘇軾大人您好！我是宇暉，來自二十一世紀的S市。」宇暉連忙上前雙手抱拳做了一個揖。

「哦，幸會！小朋友，有何見教？」灑脫的蘇軾立刻就喜歡上了宇暉那稍胖而不失帥氣的樣子。

聽說了宇暉的來意之後，蘇軾哈哈大笑，「那你要找我的好幾首詞呢。」蘇軾拿出一本書翻到了《念奴嬌》（赤壁懷古），「你先要念，『大江東去，浪淘盡千古風流人物。』看如今，雄姿英髮的公瑾何在？多少豪傑又何在呢？」他將手裡的酒杯翻轉，「所以，『人生如夢，一樽還酹江月。』所以，你必須找，找一個比大江更久遠的永恆。」

宇暉搖搖頭，表示不太懂：「永恆？那他是什麼樣子？該去哪裡尋找呢？」

「老子說過，『人法地，地法天，天法道，道法自然。』道，無像無音，無窮無盡，先天地而生，獨立而不

改……哦，你記住『道』就行了。好吧，不說遠了，你就看今天這首吧。」蘇軾已從醉裡醒來，並迅速轉過話鋒，「天上宮闕，瓊樓玉宇，高不可攀，對吧？你要找的寶座之主、生命之主在至高的天上，人不能仰視，他是萬王之王，萬主之主，住在人不能靠近的光裡。」蘇軾仰面，久久凝望那輪明月。

「但同時，他又靠近傷心的人，拯救靈性痛悔的人。」蘇軾說道，「這就是『轉朱閣，低綺戶，照無眠。』他也在尋找，他也在等待。『人有悲歡離合，月有陰晴圓缺，此事古難全。』他知道我們迷失的苦和無奈！」

宇暉點點頭，好像明白了一點點。誰知，蘇軾舉起酒杯，又說了一句：「你在尋找？我也還沒有找到呢！可我知道，他真的在等我們……」

「看來他酒還沒有醒，」宇暉心裡想着，眼前的中秋夜已不見了。

「再找誰？」空濛之中，小銀問他。

「王維和李白。」宇暉毫不猶豫，唐詩中他最喜歡這兩位。

轉眼，宇暉和小銀走進了一陣清涼的秋雨中，絲絲銀線不斷，像有人撥動着一曲多弦的古調：「獨坐幽篁裡，彈琴

複長嘯。深林人不知，明月來相照。」待雨絲收住，他們才看見並沒有竹林，而是進入了山間綠林裡，那位玉樹臨風般俊朗的才子便是王維。

「王維大人您好！我是宇暉，來自二十一世紀的Ｓ市。」宇暉自我介紹。

「看上去你也不像是我們唐朝的孩子。」王維頷首笑道。

「是你們以後一千三百多年的人。」宇暉認真地補充，「我來有急事求教於您。」

「願聞其詳。」王維讓座，抬手投足，翩翩風度。

宇暉坐下，座位其實就是塊石頭。他簡要訴說了自己的困擾。

「哦，這不太難。你讀過我寫的《山居秋暝》嗎？就是在這裡寫的。」王維指着眼前的風景。

「讀過，我還能背誦呢。」宇暉說着就一字一句地背了起來：「空山新雨後，天氣晚來秋。明月松間照，清泉石上流。竹喧歸浣女，蓮動下漁舟。隨意春芳歇，王孫自可留。」

王維見他有靈氣，又能背誦自己的詩歌，高興了起來。他指着周圍的景致，那空山新雨，那明月清泉，讓宇暉看詩

裡的描寫正是王維心境的寫照，王維多寫田園詩和隱逸詩，不事雕琢，自然天成，創造出一個高遠清幽的境界。

宇暉也真的陶醉在這自然的詩畫美中，沉默許久，才問：「我求教的事情呢？您還沒有回答我。」

「怎麼沒有？你要找的至高的寶座之主，就在大自然中，在一山一水中，在一花一草裡，不需要再找別的了。我詩歌的末尾兩句就是：『隨意春芳歇，王孫自可留。』春草任隨它凋謝吧，秋色如此令人流連，王孫自可留居山中。你留下吧，不要走了。」王維懇切地挽留。

宇暉大吃一驚，發現腳邊有一隻迷彩服色的大蛙，他連忙跺跺腳，大喊：「小銀！快來呀小銀！」

王維與景色都隱去了，不見了。茫茫山雨遮住了宇暉的視線，一群大蛙牽着他腳上的鞋帶往那迷霧中走去，口裡一片誘人的呼喚：「留下吧！何必呢？留下吧！」宇暉什麼也看不清了。

驀地，一道銀色的閃電劃過，驚雷炸響……雨，慢慢停了下來。

待宇暉的視力恢復，他和小銀已經在又一輪明月下了，有花，有酒，有位仙人般的飲者正在舞着，飲着，歌着。無疑，這就是那位詩仙李白了。他吟的正是他的名篇《月下獨

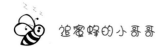

酌》。

「花間一壺酒，獨酌無相親。舉杯邀明月，對影成三人。月既不解飲，影徒隨我身。暫伴月將影，行樂須及春。我歌月徘徊，我舞影零亂。」宇暉不覺與詩仙一同吟誦起來。

「哈哈，連你就四個人了！月，影，我和你。小神仙，你從哪裡來？」李白停住了搖晃，手裡仍然舉着酒杯。

當他知道了宇暉的來意，笑了笑，喝空了杯裡的酒，繼續將詩歌吟完：「醒時相交歡，醉後各分散。永結無情遊，相期邈雲漢。」

宇暉耐心地等着。他相信「李杜文章在，光芒萬丈長」的詩仙李白一定能給他滿意的答案。

「你可聽清了，『相期邈雲漢』。」李白轉向宇暉，「你要尋找？那就要上得九天！正所謂『上窮碧落下黃泉』也。」

「九天我是沒法上，可我尋遍了海洋陸地。」宇暉有些沮喪。

「我也是！若是我已找到了，就不會寫《將進酒》了。」李白說着又吟道：「君不見黃河之水天上來，奔流到海不復回。君不見高堂明鏡悲白髮，朝如青絲暮成雪……將

進酒，杯莫停……五花馬，千金裘，呼兒將出換美酒，與爾同消萬古愁。」他接着說：「我若是找到了，就不會『白髮三千丈，緣愁似個長』了！」

「您的這些詩歌我都會背，可真的不知道您心裡有那麼多……惆悵！」宇暉斟酌了一下，選了一個溫和的詞。

「不過，小神仙，你不要停步，不要退縮。你知道我的《行路難》結尾吧？」李白忽然振奮起來，「『行路難，行路難，多歧路，今安在？長風破浪會有時，直掛雲帆濟滄海。』我送給你這句詩為贈言！」

「好呀。」宇暉受到了激勵，「真好，『長風破浪會有時，直掛雲帆濟滄海。』」他知道應當告辭了，詩仙是非常忙的，即使在九泉之下他也要寫詩。想了想又問：「還有誰能幫助我呢？指個路吧。」

「你去找找張若虛吧。」

「張若虛？」宇暉想問問怎麼找，可抬頭看到一扇簾幕垂下，李白和他的詩集都不見了。

其實他知道張若虛，他喜歡唐詩宋詞，尤其喜歡玩兒「飛花令」，他的記憶力強，常常贏了爸爸媽媽，但不能全贏。這時，爸爸就教他背了一首張若虛的《春江花月夜》，爸爸說：「你背了這首《春江花月夜》就可以百分之百贏我

們了。因為這首詩很長，而幾乎每句裡都有飛花令裡最常用的春、江、花、月、夜，還有一些句子裡有飛花令裡比較常用的字：夢、水、天、年、雲、魚、雁、樓、人、夢、愁，一詩在心，占得先機。」宇暉憑着先天的記憶力，背下來了這首詩，但他除了覺得美，並不怎麼懂其中的詩意。

「又是月亮！」小銀喊着。果然，當一幅珠簾徐徐升起，宇暉看到了所見最高遠深湛的夜空，看到了一輪皎皎孤月，銀光閃閃，看到了一條春江，婉轉空明。想不到他背誦的那首長詩如此唯美超絕！

而那月下那江邊行吟的詩人必是張若虛了。宇暉不敢去打擾他。他只跟在他的身後，他只聽着他的吟唱。而那詩人張若虛也不問他什麼，只管吟唱着，只管捧着他的《春江花月夜》，捧着他這首被譽為「以孤篇蓋全唐」的難得佳作，獻給明月，獻給春江。

於是，宇暉和大詩人一道，再次進入了美妙的藝術時空，去欣賞，去看見，去領略和體會：

「春江潮水連海平，海上明月共潮生。灩灩隨波千萬裡，何處春江無月明！」接下來，詩人描繪了江流婉轉，月照花林，空裡流霜，汀上白沙，江天一色，空中孤月等夢幻美景。然後筆鋒一轉，發出疑問和長歎：「江畔何人初見

月？江月何年初照人？人生代代無窮已，江月年年望相似；不知江月待何人，但見長江送流水。」這樣的大氣象，大境界，讓人們看見的豈止是特定的春江月夜之景呢？又豈止是離人望月的一己憂思呢？

宇暉忽然就悟出了一些這首詩歌內涵的深韻，比如起初的起初，比如一個超然的聲音說：「要有光，就有了光。」

宇暉仿佛看見，張若虛在江邊仰望皎皎明月空中朗照的時候，已經超越了特定的具體場景。他的思緒和靈感的翅膀飛起來了，飛往月光照徹的山川大地和海洋，在絕美、聖潔、廣袤、深邃而又和諧的靈境中，他的心弦被一雙無形的靈手彈撥着，因而感悟到浩瀚星空、悠悠天地的背後，透射出永能的神性光芒，詩人心裡因此而充滿感動，對那永恆之主至高無上的精神輝耀產生了深深的敬畏之情。流水不止，而明月恒久不變，令人生出對時空之外那永恆造物和最高存在的神往。「江畔何人初見月？江月何年初照人？」說的正是詩人自己發現月光之奧秘，從而完成了一次神性的啟蒙。

可當詩人的靈翼飛回到長江邊時，不禁對比天上人間，發出了人生短暫，出路何在的悲歎。

詩人忽然回頭，看着宇暉發問：「誰真懂我？我寫望月思人？我寫遊子不歸？」見宇暉發呆，詩人搖搖手，「你只

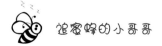

是個孩子，我但願你知道，永恆無價，人生無奈，追尋無盡！」他轉過身繼續飄遊，像詩中那遊子一樣，永不言棄，要去找尋，尋一個終極的歸屬，尋求再尋求，直到尋見。因為，那是終極。

畢竟，天地有情，江月待人。願意歸家的遊子，是有家可歸的。

宇暉並沒有與張若虛對話，也沒有得到他的解疑答惑，可他覺得獲得感很強。與小銀穿越回到房間裡時，宇暉對自己的追尋更有了信心。「對呀，追尋無盡！永恆無價！」儘管他懂的不多，但已經夠了。

第十三章

蒞臨，以讚美為寶座

淅瀝瀝……淅瀝瀝……

一切都剛剛好。這個週末，當小銀馱着宇暉來到S市郊外，滴答的雨聲漸漸停歇。鬆開彈撥雨絲的溫情，春風又開始播撒鳥兒的啼鳴。宇暉差點兒又要蹦高了。

叮鈴鈴……叮鈴鈴……

在月馨的畫變成的那一片花海上空，划破濕潤空氣的雲雀唱的仍然是：「跟我來，跟我來！」；而白色眼圈的畫眉鳥，鑽出阡陌間的一排櫻桃樹葉，上下翻飛着，反復地唱着：「不要懼怕，不要懼怕」；連低調的黃鸝兒也從遠樹的冠頂飛過來，不停地歡唱：「哈利路亞，哈利路亞！」。

放眼望去，清晨的花田連片綿延。左側邊，是宇暉的老

朋友，金黃純白的「報春使者」；稍遠處，金橙色和粉紅色的大波斯菊亭亭玉立，仍是人見人喜的「可愛小清新」；面前和右邊，當然是宇暉和月馨都喜歡的薰衣草，淡藍蘊着深紫的簇簇小花，如夢似幻地托着亮晶晶的露珠，百態千姿地隨風婀娜。

一切都剛剛好。透明的春雨洗淨了空氣，為花田罩上了一層馨香的薄紗。此時蜜蜂還沒有來，有的就是鳥兒的歡唱。小銀真的很聰明，這裡是月馨畫的畫變成的花海，是不受季節、氣候、土壤限制的，因為是月馨的生命之甘露幻化，這裡正是宇暉心裡最美的地方。本來麼，那天小銀也在場啊。

「啊，那天」，宇暉愉快地眯起眼睛，思緒回到前一個週末的晚上。

宇暉做完了全部作業，按規矩，該下樓活動放鬆自己了。宇暉卻不敢放鬆，媽媽的病和月馨的病等不起。他拿起寶貴的銀梳子下樓了，不過他沒有玩兒踩滑板，或者去廣場轉圈溜冰，而是快速地幾乎一溜小跑地去了僅有一站路的生態公園，趁着工作人員不留神的當兒，他就溜進了公園裡。

一切都剛剛好。當晚天上有月亮，是半圓形的銀月，掩映在薄雲裡。機會難得，宇暉在尋找寶座上天下地、幾乎無

路可走的時候，想起了月馨的話。月馨送給宇暉這把銀梳子時，鄭重地告訴他，這把銀梳子有神奇的功用：「在有月亮的夜晚，你如果在一處水邊，無論是小河還是湖水，看見月亮投影在水裡，你伸出手裡的銀梳子，當月亮、銀梳子、水裡的月亮呈三點一條直線時，就會看見雲上飛落一顆小星！那是芭比公主黎莎……」

　　宇暉不敢遲延，快走兩步，來到生態公園裡的那片碩大的湖邊。這湖水是幾站遠紅樹林近海海水的延伸，平日裡很平靜，也很澄明，日暮會有水鳥盤旋飛來棲息水邊。此時，公園裡很安靜，一切都剛剛好，半圓的月亮穿出了雲層，亮亮的照着園裡的花草綠樹，照着靜靜的湖水。宇暉一邊望着頭上的月亮，一邊沿着湖邊移動自己的位置，直到他判斷是最佳位置了，便停下來。

　　湖水波光粼粼，投影着湖邊嫋娜的綠柳，投影着夜空中銀色的月亮。月亮近得就在腳邊，是時候了。宇暉心跳加快了，他穩住自己，果斷地伸出手臂，銀梳子亮在手心，啊，天空的月亮、自己的銀梳子和水裡的月亮剛好是三點一線，而且是直線！他一動不動，仿佛時間都凝固了。

　　眨眼間流光溢彩，一道星輝無聲地划破夜幕，他的面前就站立了一位飄飄裙裾的小仙女，不，是小天使吧，帶着小

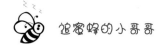

小的銀色光暈。

「你好，追蜜蜂的男孩。我是黎莎。」她的聲音似在唱歌。

宇暉簡直不敢相信，血液湧上頭頂，在煉火中化身鑽石而嵌入星空的黎莎就在眼前，月馨說的沒錯，黎莎能幫助自己，實現自己的一個願望！宇暉再次穩住身體，「請幫助我，黎莎公主！我在尋找寶座，我……」他幾乎要落淚了。

「明白，要快。現在是時候了。」

「為什麼現在是時候了？為什麼要經過這麼多這麼多之後？」宇暉感到有些委屈。

「在『保護蜜蜂行動』和一次次『尋找寶座』的過程中，你自己的品格、你的生命狀態得到了歷練和調整。你成長了，你的生命被洗滌，更多知道他了。之後，你才有可能認識他。」黎莎耐心地回答，「現在，你可以在春分且月圓後的那個周日去找，就能找到。」

「春分且月圓後的那個周日？就是兩周後。」小銀立刻算了出來，它自己下了銀梳子，靠在宇暉身邊。

「好，我記下了。那麼，在什麼地方呢？」宇暉問。

「不遠，在你自己覺得最美的地方。」歌聲分外溫柔。

「自己覺得？」不知怎的，當時宇暉心裡就出現了這片

花田，小銀也在旁邊。

「不過⋯⋯」黎莎忽然輕輕歎了一口氣，「我留下一句話，托小銀給你吧。到了時候它會告訴你的。」黎莎附耳對小銀說了一句什麼，「再見了，宇暉。」來不及道謝，黎莎已化作一道細細的銀光，徐徐上升，隱入薄雲之中。

「春分且月圓後的那個周日，就是今天啊。」宇暉口裡喃喃道。

宇暉的思緒複歸，望着眼前的花海儀態萬千地搖曳，好似在舞蹈歡慶。誰，打開了他靈魂的耳朵？他驚奇地聆聽着，對！他聽見了，一曲奇妙的天籟之音，在植株和花朵裡緩緩響起，並迴旋在空中。沒錯，植物和花朵裡面也有數學，也是會唱歌的。能彈琴會識五線譜的宇暉，在眼前舞蹈的花海裡就聆聽到了，遠處的綠樹中傳來渾厚有力的大提琴、深沉柔和的中提琴聲，潺潺流淌的溪水也應和着，奏出嘹亮的小提琴聲，飄動的柳絲則是綠色的豎琴，琴音如抒情詩般溫存。

這些都還只是伴奏，宇暉欣賞到了更精彩的。花海中，那些深紅花邊金紅花心色系的仿佛女高音，而橙黃和藍紫色系的就是女中音，此外還有植株高低不同溢出來的男高音、男中音，芳香的風兒穿行其間，簡直就是天然的和聲。一切

如此和諧，和諧的它們都在傾情讚美！

是的，宇暉聽到宏大的交響樂，也有深情的詠歎調，他甚至聽出了貝多芬的《歡樂頌》奏響在其間，澎湃起伏。宇暉一動不動，他被這曼妙的神跡所折服、所陶醉了。岳老師講的話響起在他耳邊：「就與天文學家克卜勒在觀察天空的時候，觀察星星的排列和運行的時候，發現星星們是在作樂歌唱一樣，排列出了優美的曲調和旋律，在讚美着。既然宇宙是和諧的，那麼，你的感覺是對的，這些植物和花朵也是用着它們的排列它們的方式在生長開放，這種秩序，這種規則，這些顏色和姿態，也排列出了音樂的效果，在讚美。」

恰在這時，鋼琴曲「野蜂飛舞」加入進來，當然是馬克西姆彈奏的那曲，又名「大黃蜂的飛行」。蜜蜂群果然出現了！小精靈們一群群結伴而來，萬點金粒撒入了花海，這裡正是蜜蜂們的最愛。自然，蜜蜂們也在歌唱，嗡嗡嗡，配合着美妙的鋼琴曲，是深沉的男低音呢，它們都在讚美着。迷人的芳香，明豔的色彩，都在歌唱，一簇簇含露的花朵裡，一排排櫻桃樹梨樹的枝葉間，不停地升起一顆顆閃亮的音符，歌唱着，用不同的葉片葉脈，不同的花序花語。

宇暉有一種預感，寶座就快要出現了。伴着馬克西姆行雲流水的鋼琴演奏，隱約傳來了一縷長笛聲，音色柔美清

澈，好似小鳥從雲中飛落。琴聲與笛聲中，他竟聽見，有輕捷的足音歡快地踏來，又匆匆遠去。接着，又有一群女聲在唱：聽啊，是我良人的聲音；看哪，他穿山越嶺而來，好像羚羊，或像小鹿，在香草山上。女聲又繼續娓娓傾訴：我的心渴慕你，如鹿切慕溪水。

宇暉的心融化了，他不知不覺融入了讚美的大合唱中，感覺自己輕盈無比，時而化作黃鸝，吐出音符的珠璣，時而變成蜜蜂，呼應花蕊的律動。奧妙的大自然裡真是有最多的詩歌，因為有他所賜的優美旋律在萬物心裡。一花一草，一枝一葉，一鳥一蝶，心中都充滿對他的感恩和愛慕。那位生命之主就以蒙恩人的歌頌作祂的居所，以蒙恩人的讚美作他的寶座。這一年，宇暉經歷了太多事，當時不明白，甚至要埋怨。但現在，宇暉心裡滿滿的都是感動，他靈魂的耳朵開了，於是聽見童稚的頌揚，從鳥兒蜂兒口裡出現，從植物和花朵裡發生，體現着生命之主的奇妙和審美。

在透明虔誠的等待中，在心靈和誠實的敬拜中，宇暉飛來飛去，在讚美的大合唱中陶醉，因為一切都是獻給寶座的。他感覺，自己願意為生命之主獻出一切，乃至生命。他深信，寶座就要出現了。

小銀孔雀開屏了，它第一次開屏了！小銀忘情地舒展開

長長的尾翼，不停地抖動着銀色的羽翎，它向着寶座的方位開屏了！儘管它那麼弱小，儘管它平時只能呆在梳子上，此刻它卻被花團錦簇着，心裡充滿感恩。它希望大家都注意它無與倫比的美麗，它更願意盡力發出自己小小的光亮，應和那位蒞臨天空的眾光之父。它抖動着銀亮的尾翼，轉頭尋找宇暉，大聲呼喚他落下地來。然後問道：

「怎麼樣？宇暉？你看清楚哦，我開屏的大扇面上鑲嵌着好多寶石呢，每一顆都是一個智慧的結晶！」它想聽到宇暉的稱讚。

「太棒了！怪不得你那麼有學問。」宇暉有點敷衍。

真對不起小銀了，它是生平第一次開屏呢，可宇暉的全部心思都在等寶座。他來時準備了一個背包，這時，他從裡面拿出一個白色的杯子，晃動着：

「小銀，你看，我準備了這個杯子來到寶座前，來承接祝福！我要把所有的願望都說出來，接滿生命的應許！」

「向上看，向上看！」急性子的雲雀近前來大聲啼喚。

宇暉和小銀都從花田裡抬起頭來。啊，冉冉升起的晨陽照在雨後的天空，蘊含着無數水珠的天空立時出現了一道彎彎的彩虹，「赤橙黃綠……」還沒有數完，那道彩虹的上空又出現了一道彎彎的長虹！「赤橙黃綠……」

「快看，來啦！」雲雀第一個看到。

「看到了，在那裡！」小銀撲扇着翅膀。

好似天堂的門開了，生命之主的寶座從天而降，出現在雙虹之上的空中！出現在心靈和誠實的讚美敬拜中！彩虹圍着寶座，華光萬縷，寶座前好像一個玻璃海。

可是，可是，寶座上，什麼也看不見呀？

宇暉傻眼了。

宇暉急得要哭了，他看了又看，還是看不見，好像有淡淡的霧在飄，寶座上仍然什麼也看不見，換句話說：寶座上似乎什麼也沒有！

寶座上面是空的！

宇暉真的哭了起來。可憐的媽媽沒救了，月馨妹妹沒救了，蜜蜂們，沒救了。絕望中他很蒙圈，越哭越傷心，蹲下身子擦着眼淚。同時他心亂如麻，這是怎麼回事呀？誰，趕走了他的生命之主？唉，死亡之魔太強大了。千里萬里，全部努力、全部希望都落空了。付之東流了……而他自己，也不可能再長高了，完了。怎麼辦？

生命之主，你為什麼要離開寶座？為什麼你可以救她們卻不救呢？你為什麼丟下我們不管？為什麼不守諾言？為什麼我付了代價卻徒勞無益？宇暉暈眩地抱怨着、哭訴着，感

覺自己的心破碎般的刺痛。外婆明明告訴他說：生命之主掌
管着生命啊！

小銀也很着急，它也在努力看着，幫宇暉看着，也是什
麼都看不見。焦頭爛額之時，小銀的耳畔忽然響起了黎莎公
主告訴它的話。於是它跳起來，呼喚宇暉：

「不要急！你再看看，你看看『你的寶座』上是誰？」
這是黎莎公主讓它轉告宇暉的那句話。她特別強調了「你的
寶座」這幾個字。

宇暉驚醒過來，站起身，認真地看向空中的寶座，看了
又看，雲霧飄來又散去，他終於看清了，看清了就嚇了一大
跳。

第十四章
你的寶座上是誰

雲空中的寶座上，宇暉的寶座上，不是生命之主，不是宇宙之王。但那個寶座上也是有形象的。不對呀，我馬不停蹄，一直是在尋找寶座上的生命之主啊。宇暉心想。

「可我的寶座上，真的是他嗎？」透過霧紗宇暉凝視着。

宇暉慢慢看清了，自己的寶座上，竟然有另一位形象，她是……她是宇暉的媽媽！

「媽媽！」宇暉哭了，媽媽竟然在自己的寶座上，被自己供奉為第一重要的。他抬頭看着，那是媽媽，愛他的媽媽，即使病重也仍然那麼愛他，即使病重也那麼親切，美麗的鵝蛋臉上驟然出現了那麼多皺紋，特別是眼角的魚尾紋，

讓他辛酸，讓他從不願別人親吻自己的習慣改變了。他願意讓媽媽親吻自己，他也願意親吻媽媽的臉龐，願意親吻媽媽眼角的魚尾紋，「一下，兩下，三下。」對，就像蜜蜂親吻花朵那樣，讓媽媽眼角的魚兒在自己親吻的香氣裡遊弋。

可是，生命之主必須在首位，必須居寶座之上。這個道理是顯然的。宇暉閉上眼睛，將心裡第一位的媽媽從寶座上撤下來，把一切親情、一切世俗的擁有依次撤下來。

現在可以了嗎？現在可以承受生命之主所賜屬靈的福氣了嗎？

「我的寶座上，怎麼還是朦朦朧朧？」透過霧紗，宇暉辨認着。

宇暉慢慢看清了，自己的寶座上，竟然還有另一位形象，她是……她是宇暉心裡的妹妹月馨！

「月馨！」宇暉又落淚了。月馨竟然在自己的寶座上，被自己奉為第二重要的，排在生命之主的前面。他看着月馨，那是他心裡珍藏的一片淨土，一處聖潔的領地。在那方薰衣草花叢中，月馨微蜷着身子睡着了，好像一顆滴露的花骨朵，他定睛望着，像欣賞一個藝術珍品那樣望着。於是他看清了，這個女孩約莫七八歲，她側臥在那裡，淺粉的長裙遮住了膝蓋，手裡拿着一把銀亮的梳子，風兒吹散的幾朵薰

衣草花瓣落在她長長的黑髮上。月馨為他們的「保護蜜蜂行動」畫畫，讓他們拋灑出去，擴大帳幕，又將自己治病的銀梳子送給宇暉。她是他生命裡沉甸甸的元素。

可是，生命之主必須在首位，必須居寶座之上。宇暉擦去淚水，將與自己融為一體的月馨撤下來，將自己認為重要的一切撤下來。

現在可以了嗎？可以享受生命之主的同在了嗎？

宇暉仰臉望着寶座，手裡舉起白色的杯子，他期待着，要承接拯救生命的祝福。可是小銀在旁邊說：「宇暉，你的杯子裡是滿的！」

靈火沛降，一道真光撕開霧紗！宇暉就看見了，自己的杯子裡是滿的，滿滿的水裡倒影着兩頂皇冠，再沒有空間裝什麼了，蒙着他眼睛的煙霧也退去了，宇暉這才看清，一頂皇冠上寫着媽媽的名字，另一頂皇冠上寫着月馨的名字！

宇暉這次痛哭了，想不到遮擋有這麼多！怎麼辦呢？忽然，一個好聽的聲音傳過來，入了他靈魂的耳朵。宇暉立刻就明白了，是黎莎！雖然他看不見她，但他認得她的聲音。

「你看見了自己的罪吧：拜偶像！以媽媽為中心，以月馨為最愛，超過生命之主！你以為自己可以為主獻出生命，但內心深處所藏的『寶貝』不能觸碰。這是藏得很深的偶

像！是罪阻隔了你見到生命之主，自己的生命不重整，不洗滌，自己的寶座上不是生命之主，這位宇宙之王無法拯救你的親人，無法賜福給你。」黎莎的聲音仍然很動聽，但是語氣很重。

「我明白了，我的寶座上輪番出現的不是生命之主，而是我內心深藏的所愛，是我的媽媽和我的妹妹月馨！反反復復，她們裝滿了我的心，代替了生命之主，高於生命之主了。我在拜偶像啊！現在，我該怎麼辦？」宇暉誠心誠意地求教。

「悔改！悔改了就好。主，就是要讓你看見，你確實是在以別的東西、以自己所愛的東西來代替了生命之主，高於生命之主了。這是藏得很深的罪，這就是偶像。你不調整過來，無法接受祝福。因為，生命之主要賜給你的是他自己的生命，他為我們而死！我們理解不了這樣的大愛。我們真傻。」黎莎真誠地對他說，也像是在對自己說。

「是的，我們理解不了這樣的大愛。我們真傻。」宇暉連連點頭。

「你心裡還有自我中心，在尋找途中你有過背叛，但已在海上日落的洗禮中悔改了，要引以為鑒。感謝主的寬恕吧！」黎莎唱歌般的聲音漸漸遠去了。

宇暉沒有完全聽懂，但卻心悅誠服。他面向寶座，跪下，深深地跪下，向着寶座在主面前，他哭泣，痛痛地哭泣，一條一條向主承認並真心悔改：

「主啊，我錯了！懇求浩大恩典赦免我、破碎我、洗滌我生命……從此，以生命之主為中心，為一切，永居我的寶座之上！」

當宇暉虔誠悔改，一把寶劍靈輝閃閃，自上而下斷開鎖鏈，他欣喜地感覺自己重新得了釋放，主的時間一點不差。

當誠實的宇暉淚雨紛紛，那刺破剖開他麻木外殼的靈火竟化作雨後彩虹，耀亮了宇暉上空那簇新的寶座：

他，真的駕雲降臨！仿佛，長衣潔白，面貌明亮如同旭日。哦，冉冉噴薄，我的生命之主，你不嫌棄悔改的罪人！天風吹煦，群芳綻笑，小銀孔雀再次開屏，轉動着晶瑩燦亮的長長尾翼。

宇暉陶醉在朝見的歡悅中，他全神貫注，他口唱心和，他明白了，寶座之美全在於寶座上至尊的君王！宇暉想再看清楚一些，然而光太強了，他只得合上眼簾。等再抬起眼簾時，宇暉怔住了，怎麼回事？宇暉揉了揉眼睛，寶座上的他怎麼這麼面熟，好像見過的？

「宇暉小朋友，你看，我這裡又多了一顆最亮的寶石！

每次思考後的結晶，都會增加一顆新的寶石。你看呀！」小銀張開並展示着它的尾翼，拉了宇暉一下。

宇暉再次對不起小銀了。他再次揉了揉眼睛，一時間驚愕得差點兒忘記了自己的使命，忘記了求生命之主來拯救媽媽和月馨，使她們脫離死亡困境，得以活下去，還有，拯救蜜蜂……

不，此刻，宇暉萌萌地望着寶座，心裡只有一個念頭：為什麼這麼面熟？在哪裡見過呢？

寶座上的他，到底是誰？

第十五章
千里萬里他從未走遠

寶座上，雲紗輕拂……

哦，飄灑從容，他來了！

當青蛙——那個壞精靈調來了暴風雨，宇暉的「拯救蜜蜂行動」遭遇劫難，波浪撲打着小小的河燈，紅色紙杯托着的紅燭在無奈地搖曳，一時間，波濤幾乎就要吞滅河燈，就要撲滅小小的燭光了。月馨急了，連忙呼求：「父啊，幫助我們吧！」

「不要怕！我奉差遣來告訴你，父可以滿足你的一個願望。」

「我希望賜給我一種能力，讓我畫的畫可以變成真的花田，來幫助蜜蜂哥哥。」

147

惡浪潰敗，河燈複燃。輕盈黎莎的背後，隱約有他的面容。

雲紗輕拂⋯⋯

哦，樂聲鏗鏘，他來了！決定尋找寶座那天，宇暉原本打不過迷彩怪人。但他急中生智，用力按下了琴鍵。這是亨德爾的巨著《彌賽亞》，他聽過的，當晚，他就反復彈着結尾的「哈利路亞！」這強有力的旋律，在崇高的感動中穿透雲霧，直達光明之境。

果然，他的每一次按鍵都打在迷彩怪人的要害上，它步步退卻。

在「哈利路亞」的強音背後，隱約有他的面容。

雲紗輕拂⋯⋯

哦，綠衣飄飄，他來了！

神性的小樹林婆娑起舞，枝葉拂動，回聲，在宇暉的胸中久久低迴。這僅僅是風，是空氣的浪波嗎？可宇暉分明感受到一種精神，一個至高無上的律動。仰起頭，那星光朗照的高處有一張慈愛的臉龐。

隔着綠枝低垂的簾幕，宇暉忽然感到寶座並不遠，他感到那位生命之主正憐愛地凝視着自己。生命之主只需伸出一隻手臂，便可以捉住宇暉了。

「宇暉，你的身影走進月亮裡了！」遠遠地，小銀在背後柔柔地叫了起來。真的嗎？宇暉小小的身影，真的嵌入了金黃的光輪中麼？

那光輪的源頭，分明有他摯愛的笑容。

雲紗輕拂⋯⋯

哦，銀光閃閃，他來了！

「對呀，聖誕老人的雪橇就是從北極出發的！」於是，聖誕老人的故事一個個出現在他的腦海裡。

暗黑的夜空被劈開了似的，一大束柔和的綠光自天而降，飄飄嫋嫋，直落雪原。更多的顏色，更多的幔子，絲絨般閃光的幔子在空中旋轉着，「霓為衣兮風為馬，雲之君兮紛紛而來下。」

「聖誕樹！」⋯⋯他們在北極光中徜徉，竟來到了聖誕樹旁。

宇暉覺得自己與寶座越來越近了。他確認了寶座上的生命之主就是聖潔，就是光明。那無瑕的雪原冰海上，那凌空飄舞的極光高處，分明有他至聖的面容。

雲紗輕拂⋯⋯

哦，披着霞輝，他來了！

什麼樣的神箭，射落了夕陽？緩緩地，夕陽西沉，像刺

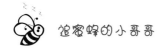

破了自身，晚霞映紅了整個天際，映紅了無垠的海波。

什麼樣的大愛，燃燒在西邊天幕？緩緩地，接近海面的落日被這個世界棄絕，萬有之主被刺、被絷，道成的肉身在隕落着！撕裂着！

是你嗎？替罪的你張開雙臂，殷紅的血液流着，流着，如熾熱紅霞，耀亮了黑暗的墓地，耀亮了遙遠的海平線。終於，西天的幔子從上到下裂為兩半，海鷗們變成了翩飛的天使。

落日洗滌後，宇暉看見了真相，生命之主，他是救贖。

雲紗輕拂……

哦，靈翼扇動，他來了！

「老子說過，『人法地，地法天，天法道，道法自然。』道，無像無音，無窮無盡，先天地而生，獨立而不改……哦，你記住『道』就行了。」蘇軾已從醉酒裡醒來。

張若虛的思緒和靈感的翅膀飛起來了，飛往月光照徹的山川大地和海洋，他的心弦被一雙無形的靈手彈撥着，感悟到浩瀚星空悠悠天地背後，透射出永能的神性光芒。「江畔何人初見月？江月何年初照人？」正是詩人自己完成了一次神性的啟蒙。永恆無價！追尋無盡！

詩人轉過身繼續飄遊。因為，那位主，他是終極。

宇暉萌萌地望着寶座，風動雲開，他恍然大悟，他伸出手臂：「主啊，原來你早就出現了，一次次，一回回，你出現在我尋找的地方，很靠近，還聽見呼吸。而我，卻認不出你，我的生命幼嫩而污穢，無法認識你的深刻豐富。我的生命之主！我將所深愛的親人擺放在寶座上，卻去遠方，尋找一個寶座，尋找一位寶座上的生命之主，渴求幫助，拯救我的所愛，我的寶座上卻不是你，我真傻。我什麼時候才能真的長大？」他説不下去了。

　　從什麼地方飄來了月馨的歌聲：

　　「飄吧，我的河燈，我的紅燭！飄吧，你知道我心裡的彼岸在哪裡，你知道我今生註定的燃燒為了誰。是的，時空之外的他認識你。

　　「我卻不知道，不知道多少次天空塌陷，波浪翻滾，吞噬了我嬌弱的河燈。他悄然蒞臨，扶起並烘乾我的紅色紙杯，再次點燃裡面的紅燭，重又回到雲團之上。卻不能，不能讓我的軟弱看見。

　　「飄吧，我的河燈，我的紅燭！飄吧，一彎清月漸漸移上了中天，路途雖遠，前面的航向或許清晰起來。我的君王不會等待太久了。

「我卻不知道，不知道多少次穿過險灘幽谷，驕傲膨脹的火燒壞了紙杯。他心痛不已，出手校正我的悖逆，將已窒息的紅燭救出煎熬的煉火，重又回到穹蒼之上。卻不能，不能讓我的病態聽見……」

這時，宇暉並沒有想，月馨明明不在這裡呀，他想的是，自己竟然明白了月馨爸爸寫的這首詩歌的意思。難怪這首歌的韻律如此淒婉動人，如此柔美悠長，就像那只河燈一樣，幽深迷離，執着不息。

河燈之歌依然響着，一遍遍響着。宇暉的眼睛上有一些鱗片掉下來了，於是，他的眼前又閃過一幅幅熟悉的畫面：

那個傍晚，距離S市郊區不遠的幾個村鎮，都同時聽見了一個催促的聲音，「請去幫着為花種澆水吧，大家都去，不要遲延！」這個呼喚的聲音不知是從哪裡發出來的，但似乎不可抗拒；

第一次放河燈時，一陣莫名的邪風吹起了浪頭，燭光一縮，看不見了。「天哪，是青蛙——壞精靈來了！」但只片刻，不知哪兒來的一股氣流，手臂一般護住了河燈，轉眼間，火苗又升了起來；

做奧數題時，宇暉面前的小小身影嗡嗡嗡地唱着，並牽

引宇暉追隨它們往花叢深處去，召喚他注意那些綻吐芬芳的各種鮮花。仿佛，有誰舉着一個巨大的萬花筒在翻轉着，摺叠着，任意變幻着；

北極，他跌進雪坑，不長時間就來了一位高個子獵人，他用繩子將疼得齜牙咧嘴的宇暉拉上來，又為他的傷腿敷了一種消炎止痛藥；

「德國天文學家克卜勒說過，他有證據相信，起初在創造天地的時候眾光之父曾運用了『幾何學』！」岳老師接着說道，「他相信上天所造的整個宇宙是和諧的」；

茫茫山雨遮住了宇暉的視線，一群大蛙牽着他腳上的鞋帶往那迷霧中走去，口裡一片誘人的呼喚：「留下吧！何必呢？」驀地，一道銀色的閃電划過，驚雷炸響⋯⋯雨，慢慢停了下來；

還有，小銀的出現，黎莎的降臨。等等，還有！

宇暉注視着寶座，雲紗散開，一個面容定格在上面，足足有一個時辰。哦，白袍垂地，他來了！

「我就是甲流康復者，而且是O型血，與小朋友的血型相同。就輸我的，我的血液中有甲流抗體。」葉醫生挽起了衣袖。血，鮮紅的寶石般的血液，緩緩流入宇暉手臂上的靜脈裡，流入宇暉垂危的生命裡，流入他粗重的氣息裡。昏睡

的夢中，死亡的谷底，迷失背叛的宇暉卻看見，有鮮紅的寶石般的血液從雲霞裡流出來，一滴，又一滴，淙淙流入自己枯乾的脈管，流入自己被掏空的心房。谷底中，絕望的霧霾在一點點散去。

飄逸的白雲裡，有一雙深摯而熱切的眼睛，好亮好亮，好似在哪裡見過？正是葉醫生，他一直守在這裡，憐愛地望着宇暉，直望進他的靈魂裡面。這是愛到流血的愛啊！卻原來，背後竟是生命之主替罪捨命的犧牲，像夕陽刺破了自身，寶石般的血液一滴滴為我們流乾流盡……生命之主與葉醫生疊印在一起了！

宇暉強忍着眼淚：其實，生命之主從一開始就在他的身邊，而愚鈍的他看不見；歷經危難，那每一步每一程都有天上的他暗中幫助；回首來路，有一個神秘的力量一直在暗中保護他，一次次挽救他。

可是，為什麼？為什麼這樣呢？

「你不知道我為什麼狠下心，盤旋在你看不見的高空裡。多的是，你不知道的事！」爸爸常常哼唱的一句歌詞忽然冒了出來。宇暉禁不住想，正是，他在看不見的高空，卻又似就在眼前。「我所做的，你如今不知道，後來必明

白。」（約13:7）生命之主化身的葉醫生的聲音又響了起來。必明白什麼呢？宇暉恍恍惚惚。

「你還是不明白嗎？」（可8:21）何等懇切，寶座上的生命之主親自在說。

宇暉濛濛的，發覺自己在哭，自己的手背上落了一串淚珠，但他立刻知道不對，因為手背上的淚珠瞬間就變成了一顆顆珍珠。接着，又是一串落下來。

宇暉抬起頭，「是他，生命之主在為我哭泣。」

主啊，我不知道你就在那裡！不知道你一直在背後！在每一處！在月色的背後，在雲團之間，在滔天風浪上，你在掌控着。以致多少次都是，一宿雖然有哭泣，早晨便必歡呼。我找你千里萬里，卻不知道，死蔭幽谷中，你一直與我同在，從未走遠。

「我們理解不了這樣的大愛。我們真傻。」黎莎的話重又迴旋在耳邊。

宇暉伸出手，他想為生命之主擦去眼淚，手背上反而又多了一串，小銀已經幫他接了好幾串，晶亮的珍珠，潔白無瑕。宇暉的眼淚也嘩嘩地流淌下來。他哭着說：「主啊，無知的我們配不上來承受你這麼大的恩情，配不上承受你這麼大的愛！」

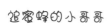

小銀接不過來了，要接生命之主落下的珠串，又要接宇暉流淌的淚水，它自己的眼淚也終於忍不住開閘了。

「飄吧，我的河燈，我的紅燭！飄吧，漸漸退去的夜色已遮不住，遮不住多少個世紀應許要實現的夢境。我的君王快要掀開大幕了。」

「我卻不知道，不知道千里萬里他從未走遠，不知道，不知道幼稚愚昧的我無法真正認識他，不知道我必須歷練，必須成長，不知道我從來就不是獨自在飄流！」

河燈之歌悠悠地唱着，如同那只河燈在悠悠地飄着。

第十六章
河燈，再次出發

兩周後的週末，朝日升起的時候。

宇暉舉起裝裱好的自己的畫像，掛上爸爸之前為他在牆上釘好的隱形掛鉤。然後他退了兩步，背靠着自己的寫字枱端詳着。

大團的金黃色氤氳着，一朵朵圓盤似的向日葵朝向着午後的陽光，這盛開的花田背景前，宇暉微側的面龐輪廓分明，帶着萌萌的微笑，癡迷的眼神好似穿過邊框，望着前面極遠的地方。

月馨畫得真好。宇暉的眼睛不覺又濕潤了⋯⋯

那個春分且月圓後的周日，那個朝見寶座上生命之主的神聖時刻，宇暉記得自己的使命，他鼓起勇氣向生命之主祈

求：救活自己患絕症晚期的媽媽，救活病重垂危的月馨，救活快速減少的蜜蜂們。

「救救她們吧！唯有你能，你掌管着生命。」宇暉期待着。

「你的媽媽可以好起來。」高處的聲音應許道。

「月馨呢？她才九歲啊！」靜默了一會兒，宇暉沉不住氣了。

「月馨會先到那個世界。放心，我愛她超過愛你！」高處的聲音柔和而溫情。

「蜜蜂們呢？我們還在進行『保護蜜蜂行動』……」宇暉有些彷徨。他聽不懂主對月馨的回應，又在為金色小精靈們焦慮。

「去做你認為對的事情吧，孩子，不要問結果。」寶座迅速升上去了，天幕重又合攏，什麼也看不見了。

此刻，在自己的房間裡，宇暉怔怔地望着自己的畫像，那向日葵花田背景前的畫像。心想，月馨走了，不會有她那樣懂我的人了。

「快！去看月馨吧，她要離開我們了！」那天，有感應的小銀着急地喊着宇暉。隨即，小銀馱着宇暉離開花田，來到月馨所住的醫院。

潔白，潔白，潔白。潔白的病房，潔白的病床，潔白的被單，連月馨穿着的病號服也是潔白的。哦不，那是月馨知道自己要走了，請求媽媽給自己穿上的白紗裙子。手術後她沒有好，心臟反而衰竭了。

　　宇暉最後見到正要離開的月馨時，她清秀的臉龐也是雪白雪白的，並不像將死的人那樣發暗。她甚至有些興奮，讓媽媽扶她起來。看到月馨頭髮有些淩亂，宇暉連忙將手裡的銀梳子遞過去，不知什麼時候，小銀已經棲入了梳子的把手上。月馨媽媽用心地為女兒梳最後一次頭髮，一下，一下，從上往下梳順，又在她長長的黑髮後面拿起一綹，編成了一條細辮子，然後，月馨自己將媽媽預備好的一簇薰衣草花插在了髮辮上。

　　「宇暉哥哥，我要走了，去很遠很遠的地方，不能再幫你畫畫了。」月馨氣喘吁吁地說。她這次沒有喊他蜜蜂哥哥，但神情很輕鬆，沒有多少傷感的意味。

　　宇暉心裡針紮似的痛着，他不想讓她走，但什麼也説不出來，只是流淚，只是眼睜睜看着最美的一枝薰衣草花兒凋謝，褪去了迷人的藍紫色。

　　「你知道嗎？剛才，我看見了我的那只河燈，就是與其他河燈分開的那只河燈，飄得好高好高！」月馨指着窗外，

那有雲彩的遠處。

宇暉轉臉望向她指的方位，可是他只看見一片潔白，潔白的雲朵飄游在藍天。忽然，他真的看見了一隻河燈，它在另一個時空中飄着，他不知道，自己也已經在那一個時空裡面了。「哦，不！」宇暉竟然看見，那雲彩的高處啟開了一扇門，那一隻嬌小的河燈悠悠地飄入。

不等他回頭，月馨的身子驀地懸空了，隨着那只燃亮小小火焰的河燈，她也向上飄去，雪白的裙子在風中輕盈地拂動，長長的黑髮散在肩上，又披垂下來，髮間簪着一支空靈詩意的薰衣草花兒。

「再見了，宇暉哥哥，我還會為你祈禱許願的！」月馨越升越高，身邊，潔白的雲團越來越多，快要達到雲裡的那扇門了。

那扇門，不就是吞噬了外婆的那扇門嗎？宇暉無聲地流淚。可是，等等。多麼奇怪，他看見那扇門裡面，並沒有陰森森的煙氣，也沒有令他恐怖的神秘吸力。天哪，那扇門，那扇門裡出現了外婆慈祥的面容！那背後很亮，有金色的光照過來，笑容滿面的外婆像一個剪影。

「我們還會再見的……」白雲裡的月馨回過頭，臉上浮現出一層奇異的光暈，她一轉身，撲進了外婆的懷抱。

「等一等！」宇暉這時才清醒過來，感覺死亡並不那麼可怕。他想起外婆的話：「那就找到一種力量，讓那扇門後面變成一座花園。」他也記着月馨對他說過：「如果走入死亡的門，那裡面是這樣的一片花海，我就沒有懼怕，也沒有遺憾了。」宇暉一邊喊着：「等等！」一邊將懷裡藏着的一幅畫取出來，用力拋向空中，拋向那扇門裡去。是的，這是他珍藏的月馨的最後一幅畫，一幅薰衣草花田的畫。他慶倖自己出發時帶上了它。

那幅畫飄進那扇門裡了，飄進去就變成了一片薰衣草花田！花田裡，飛舞着好多金色的小蜜蜂，外婆和月馨向他揮着手。

病房裡，忽然傳出月馨媽媽傷心欲絕的痛哭聲。

宇暉立刻跌回到這個時空裡。他的心一沉，但沒有再哭泣，他想起了主的話：「放心，我愛她超過愛你！」他現在不那麼懼怕死亡了。他仿佛洞見了一個秘密。他知道寶座上的主是真的，比什麼都真！

大團的金黃色氤氳着，宇暉覺得畫像中的自己也變成了一朵向日葵花。宇暉默默地將手裡的一片銀色羽毛插在了畫像右上方，這是小銀悄悄留給他作紀念的。在醫院，小銀知道自己要複歸月馨，離開宇暉了，很是不捨，就悄悄拔下一

根羽毛，塞進了他的褲袋裡。它真是有情有意。

宇暉完全沒有注意，在畫像的另一側牆上貼着一幅喜報，是橙紅色的，與自己的畫像顏色有點接近。這是爸爸在上周接到的喜報：宇暉在2020美國數學競賽（ＡＭＣ8）中斬穫「全球優秀獎、中國賽區一等獎」。這是有含金量的獎項啊。

「宇暉，奧數作業完成了嗎？」這是媽媽從外面買菜回來了，在呼喚他。今天宇暉約了好朋友曉泉來家吃午飯，媽媽要精心準備。

那天回家來，宇暉收拾好心情，走進爸媽的房間，忙着告訴躺在床上的媽媽，她有救了，生命之主答應救活她。媽媽聽了說：「我是覺得自己像從一場惡夢裡醒來了，是真的，我現在就神清氣爽了。感謝生命之主，感謝感謝！」

當晚，媽媽坐起來說：「我好多了，就是全身發粘，我必須洗個澡！」她起身找出衣服和浴巾，就進了衛生間去洗淋浴。爸爸和宇暉都呆住了，別說病危臥床大半年時間的病人，就是好人躺了那麼久起來也會打飄飄，站立不穩的。可她……

可媽媽真的洗了淋浴出來，又要吃飯，完全像好人了。

這之前她已不能進食，每天只能吃安素粉兑水來吊命的，她幾乎想放棄治療了，花費太高，又完全無效。第二天，爸爸帶她去醫院做了全面復查。結果，醫生驚訝地告訴他們，奇跡發生了，虹影的檢查結果各項指標全部正常！

奇跡也發生在宇暉身上了。從醫院回到家，媽媽首先發現，「宇暉，你怎麼長得這麼高了？才一天功夫，你就像春筍抽條似的，長了一頭高！」爸爸也注意到了，「宇暉，我的小帥帥！你和你媽媽一樣高了！」最高興的當然是宇暉，他不再是那個矮胖子，他長高高啦！感謝生命之主！感謝感謝！他高興得蹦起來，翻了個跟斗兒，又到櫃子裡去找長衣服穿。

「媽媽，昨天晚上就做完了。你看，」宇暉拿着作業薄。

「這會兒沒時間，我要準備飯菜。」媽媽麻利地煮上飯，開始摘菜。宇暉過來幫着她摘，一邊給她講解題的過程。媽媽喜歡聽。

講完解題了，宇暉又説：「上節課岳老師講了創造性思維的理念，我很有興趣……」宇暉開始給媽媽講投針計算 π 值，18世紀法國數學家蒲豐發明了一種方法，他在白紙上畫了一些平行線，然後讓客人們把小針一根根地隨意投在紙面

上。蒲豐用投擲的次數除以小針與平行線相交的次數，就得出了3.142，他宣佈這就是 π 的近似值。他的方法已發展成為「統計實驗法」。宇暉興猶未盡，接着給媽媽講了解析幾何的創始人笛卡爾用數學追求愛情的故事。笛卡爾與瑞典18歲的公主克裡斯汀相愛，卻被國王逐出了瑞典。笛卡爾日日給公主寫信都被國王扣下了，第十三封信笛卡爾只寫了一個數學公式，得以轉給了公主。公主馬上着手解題，把公式所表示的圖形畫出來了，原來方程的圖形是一顆心的形狀。「這就是著名的『心形線』。」

「哦，很有意思，你真是我的『數學小博士』！」媽媽點點頭，「這個『心形線』太奇妙了，希望不但只是數學，所有的學科都能推導出愛的『心形線』。」媽媽笑着進了廚房。

當曉泉按響門鈴時，飯菜已經快做好了。

「哇塞！好豐富！」開飯時，宇暉和曉泉開心地拍手。

飯桌上擺着各式佳餚：龍井蝦仁，孜然牛肉，白斬雞，三文魚娃娃菜……色香味俱全。媽媽用心為孩子們端出美食，好讓大家吃得盡興。她知道，宇暉和曉泉準備了一些花種，他們下午還要出去撒種，説要去比原先更遠的地方。

宇暉的爸媽現在都同意孩子們去撒種拓展花田了，倒不

是因為他們看好「保護蜜蜂行動」，而是覺得孩子們確實從中經受磨練成長了。

出了地鐵的B口，已是下午三點。當兩個孩子乘上大巴後，曉泉對宇暉說，他自己的爸爸也提醒了他，不要抱幻想：

「我爸爸說，憑你們的力量根本改變不了什麼，人類的掠奪式發展就如惡夢。還有，大量使用轉基因種子，使用農藥、化肥、激素，還有水、土壤和空氣都嚴重污染了，植物怎麼可能不變質，蜜蜂怎麼可能正常采蜜和繁殖？」

宇暉好像並不在意，只淡淡地回答了一句：「不問結果，做我們認為對的事吧。」此時，他靈裡的眼睛看見了當初放的那只河燈，正在某一個時空裡燃亮着，小小紅燭正倔強地往前，緩緩飄遊着。

曉泉不再說什麼，他聽宇暉的。他們的背包裡除了薰衣草、向日葵，還有好幾種花兒的種子：迷迭香、鐵筷子花兒、鐵線蓮、水薄荷、紫苑，都是香味兒最好聞、最能吸引蜜蜂們的寶貝。曉泉特別教給宇暉看紫苑的種子，就是那些瘦果三角狀倒卵形，紫褐色的，隨時可播種，開白色、粉色和紫色花，是非常重要的蜜源，他在自家社區裡種了不少。

下車了。

面前是一片濕潤的田野，雲層中撒下縷縷金色的陽光，空氣裡撲來陣陣泥土的芳香。儘管，這裡那裡有一陣陣大蛙的噪呱，但絲毫不影響孩子們的熱情。宇暉和曉泉掏出花種，一粒粒撒入田壟，不時用石頭敲碎較大的泥塊，然後慢慢往前走。

小溪唱着歌涓涓地流向遠方，大地在他們前面快樂地延伸着。孩子們累了會閉上眼，停止一會兒再睜開，面前竟然亮晃晃的，仿佛空中五彩斑斕的圖景在徐徐落下，正舒展開奪目的光輝。

高處更高處，那雙注視的眼睛充滿了憐愛。

欲知黎莎公主的故事　請　看

《星路上的公主》

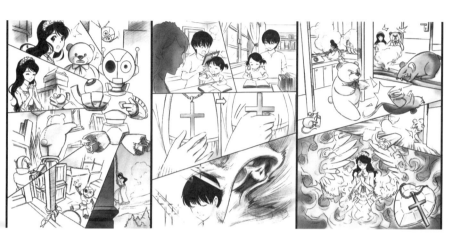

內容簡介

　　黎莎是個單純的芭比娃娃。爲了追求得到一顆真正的心，她和笨笨出發去尋找魔法師預言的命運之星，尋找在兒童福利院服侍的機會，做上帝喜歡的事情。不料，她們被一場龍捲風吹跑，開始了一段崎嶇迢遙的旅程：邂逅密林中的農民工大林和小馬；經歷"福生孤兒院"的牢獄；逃到殘疾兒童蘇蘇和雨點家裏，承受了從天堂到地獄的痛苦煎熬；又抵達"青草地"福利院，與天才盲女孩圓圓相遇……星

路漫漫。昂貴的心必須在煉火中焚燒、試驗、錘打……本書用淺顯活潑的小説體裁來詮釋真理，認識基督全能神性。以中國版的芭比公主黎莎帶入讀者進入基督的大愛境界，給讀者以審美的享受和深層的啓迪。

訂 購

讀者選定心儀圖書後，可透過
「人文出版社」微信二維碼 ⟶
加入好友。

掃描：將智能手機對準微信二維碼，
　　　聯繫「人文出版社」。

付款：通過好友申請後，運用「微
　　　信轉賬」輸入應付金額，並
　　　注明《書名》然後按付款。
　　　（費用不包含快遞費）

訂購：注明郵寄地址、電話、收件
　　　人姓名，並以「到件支付」
　　　方式收取。

學校或團體訂購者，請透過「人文出版社」電郵info@hphp.hk
官方網站 http://www.hphp.hk 或 Facebook 專頁取得聯繫和優惠